Audrey Berne

ROCK DEMERS PRÉSENTE
CONTES POUR TOUS

DU MÊME AUTEUR

LITTÉRATURE JEUNESSE

La Guerre des tuques, roman, coll. «Contes pour tous»; 1, Éditions Québec Amérique, 1984. Avec la collaboration de Danyèle Patenaude.
Traduit en anglais : *The Dog who stopped the War,* 1985, Douglas & McIntyre.

Simon-les-nuages, roman, Éditions du Boréal, 1990.
Prix du jeune public « catégorie roman jeunesse » Salon du livre de Montréal.

L'assassin jouait du trombone, roman, Éditions du Boréal, 1990.

Matusalem, roman, Éditions du Boréal, 1993.

La Vengeance de la femme en noir, roman, Éditions du Boréal, 1996.

Matusalem II - Le dernier des Beauchesne, roman, Éditions du Boréal, 1997.

Le Trésor maudit, roman jeunesse interactif publié à compte d'auteur sur Internet, www.kiss.qc.ca, 1997-1998.

Le Voyage d'Ulysse, scénario de long-métrage publié à compte d'auteur sur Internet, www.kiss.qc.ca, 1998-1999.

LA FORTERESSE SUSPENDUE

Données de catalogage avant publication (Canada)
Cantin, Roger
    La Forteresse suspendue
    (Collection Contes pour tous; 17)
    ISBN 2-7644-0100-0
    I. Titre. II. Collection : Contes pour tous; no 17.

PS8555.A554F67 2001   jC843'.54   C2001-940467-0
PS9555.A554F67 2001
PZ23.C36Fo 2001

Les Éditions Québec Amérique bénéficient du programme de subvention globale du Conseil des Arts du Canada. Elles tiennent également à remercier la SODEC pour son appui financier.

Le Conseil des Arts | The Canada Council
du Canada | for the Arts

Nous reconnaissons l'aide financière du gouvernement du Canada par l'entremise du Programme d'aide au développement de l'industrie de l'édition (PADIÉ) pour nos activités d'édition.

Diffusion : Prologue inc., 1650, boul. Lionel-Bertrand, Boisbriand (Québec) J7H 1N7, Canada. Téléphone : 1-800-363-2864
Télécopieur : 1-800-361-8088 • prologue@prologue.ca

Ventes internationales : Éditions La Fête
387, rue St-Paul ouest
Montréal (Québec) Canada H2Y 2A7
Téléphone : (514) 848-0417, Fax : (514) 848-0064
www.lafete.com

Dépôt légal : 2ᵉ trimestre 2001
Bibliothèque nationale du Québec
Bibliothèque nationale du Canada
Révision linguistique : Monique Thouin
Montage : PAGEXPRESS
Première réimpression : juillet 2001

©2001 Éditions Québec Amérique inc.
www.quebec-amerique.com

LA FORTERESSE SUSPENDUE

R O G E R C A N T I N

ROMAN

Tiré du film
La Forteresse suspendue

Scénario de
Roger Cantin

Réalisé par
Roger Cantin

Produit par
Rock Demers et Chantal Lafleur

Photos par
Jean Demers

ÉDITIONS QUÉBEC AMÉRIQUE

329, rue de la Commune Ouest, Montréal (Québec) H2Y 2E1 Tél.: (514) 499-3000

Chapitre 1

La bataille de la rivière noire

La journée s'annonce chaude et humide. Un voile de brume percé de rayons de soleil masque à demi une rivière paresseuse qui serpente dans la forêt. Le long des rives basses et boueuses, les arbres montrent des racines dénudées par l'érosion ressemblant à de monstrueuses pieuvres pétrifiées. Ici et là, des troncs couverts de mousse s'inclinent au-dessus de l'eau sombre. Pas la moindre brise, pas la plus petite ride à la surface de la rivière Noire. Rien que le silence. Et pourtant, pas tout à fait le silence...

L'écho répercute le clapotis de pagaies doucement manœuvrées. S'y ajoutent des bruits métalliques et ceux

d'autres objets entrechoqués par mé-
garde. À peine visibles, des ombres
bougent à travers les branches. Des
ombres glissant sur la rivière. Une
troupe nombreuse se devine peu à peu
à bord de pirogues et de radeaux de
fortune.

Casquées, revêtues d'armures, poin-
tant des lances et des épées, ce sont
des silhouettes inquiétantes qu'on
distingue mal dans l'air voilé. Une expédition de Conquistadors qui s'avancent
en territoire hostile.

• • •

En amont, la rivière tourne à angle droit. À cet endroit, des pieds chaussés de mocassins se massent dans les buissons. Des Indiens, reconnaissables à leurs arcs et à leurs flèches, aux peintures de guerre sur leurs corps tapis dans la pénombre des sous-bois. Une embuscade se prépare et les Conquistadors vont y tomber.

Un gros câble repose au fond de la rivière et jusque dans la forêt, caché sous les feuilles mortes ou dans la boue de la rive. Quand d'un même geste une foule de mains le saisissent pour le tendre en travers du courant, le câble refait surface à ras de l'eau et bloque les radeaux des Conquistadors. Tout de suite, les Indiens surgissent de partout dans une tonitruante rumeur de guerre... Ce ne sont que des enfants. Des enfants qui prennent au sérieux leur jeu de guerre.

Julien, le chef indien, mène l'attaque. Sa bande mitraille sans répit les Conquistadors coincés au milieu de la rivière. Pire encore, ils les bombardent avec des mottes de boue ramassées au bord de la rivière. Une boue franchement dégueulasse qui prend au dépourvu Marc Chabot, le général des Conquistadors. Il n'a prévu pour sa bande que des ballons emplis de farine ou d'eau, les munitions utilisées d'ordinaire dans la guerre entre les jeunes des campings situés sur les rives opposées du lac Noir qui est à la source de la rivière.

—Regroupez-vous, les gars! Restez pas au milieu de l'eau. Accostez, les gars! crie Marc, ajoutant à la confusion avec ses ordres imprécis adressés à personne en particulier.

—Où ça? De quel côté on va? Ils sont partout! proteste Groleau, esquivant les mottes de boue qui pleuvent sur son radeau ou se cachant derrière Suzie Lespérance, surnommée «Suzie la terreur», l'inséparable acolyte de Groleau et pas davantage réputée que lui pour sa patience ou sa bonne humeur.

Marc veut diriger sa bande sur une pointe de terre près de la rive où va sauter sa jeune sœur, Sarah. Mais les pieds de Sarah disparaissent dans la boue jusqu'aux genoux. Les Conquistadors dans son canot font les yeux ronds en la voyant prise au piège.

—Non! Non! Pas ici, Marc! C'est pas du sable! C'est de la boue! On va rester pris! hurle Sarah.

Pendant qu'elle tente de se libérer de la succion tenace de la glaise, ses coéquipiers s'enfuient à grands coups de pagaie.

Les Conquistadors réalisent que Sarah est piégée là où leur chef voulait les envoyer tous. Tant d'incompétence finit de les décourager. Plus personne n'écoute les ordres de personne. C'est chacun pour soi qu'ils ripostent, c'est dans le plus grand désordre qu'ils essaient de mettre pied à terre pour combattre ou s'enfuir. Dans la cohue, les canots chavirent, les radeaux s'emboutissent, plusieurs basculent dans la rivière, heureusement peu profonde.

Les Conquistadors se protègent comme ils peuvent du bombardement. Leurs armures brillantes et leur fière allure sont rapidement souillées de mottes de boue gluantes et dégoulinantes. Et Marc continue de crier ses ordres inutiles :

—Regroupez-vous! Serrez les rangs! Faut rester ensemble!

—C'est ça! On est tassés comme des sardines, puis il trouve que c'est pas assez! rouspète Suzie Lespérance.

—J'te dis qu'on l'a, le général! bougonne Groleau, qui, avec Suzie la terreur, décide d'en faire à sa tête.

Ils quittent le groupe et longent la rive en tâtant au fond de la rivière à la recherche de galets. Fâchés que tant de boue pleuve sur eux, ils ont carrément envie de répliquer avec des pierres... Ils font le geste d'en lancer une première, quand des voix impératives les stoppent net :

—Stop! Les roches, c'est pas permis!

Ce sont les arbitres qui interviennent. Ils sont deux. Ni gros ni imposants mais bien identifiés par des brassards, des dossards marqués d'un *X* rouge fluo et un casque peint en bleu. Représentant chacun leur clan, ils veillent au respect des lois de guerre. Voir arriver ces empêcheurs de tourner en rond déplaît à Groleau et à Lespérance. S'ils n'ont pas le choix d'obéir, ils peuvent encore se plaindre :

—Les mottes de boue, c'est pas permis non plus! Les Indiens trichent! Ils ont pas le droit.

—Bouge pas, je vérifie, réplique aussi vite l'arbitre conquistador en ouvrant son livre de lois de guerre.

Il cherche en tournant les pages au hasard et consulte sa collègue, l'arbitre indienne.

—Bien... la boue, c'est pas écrit que c'est permis, mais c'est pas non plus interdit. Est-ce que ça veut dire que... c'est entre les deux? On fait quoi dans ce cas-là?

—En tout cas, les roches, c'est tout à fait défendu. Règlement 23b. De toute manière, tout le monde sait que c'est trop dangereux, les roches. C'est clair, non?

Tout le temps que les arbitres prennent pour rendre une décision, les mottes de boue tombent sur Groleau et Lespérance, qui se muent en ridicules bonshommes de glaise. Dépités d'avoir tort et surtout de payer le prix pour l'apprendre, ils jettent leurs galets et retournent vers les radeaux au milieu de la rivière en maugréant.

—Apprenez-les donc par cœur, vos maudites lois de guerre de mes fesses!

Marc a fini par regrouper ses Conquistadors. Tous sont remontés sur les radeaux et s'agglutinent en position défensive. Avec leurs boucliers fabriqués de couvercles de poubelles, d'enjoliveurs de roues et même de moules à gâteaux, ils forment un rempart n'arrêtant pas la boue de les éclabousser et se scandalisent du procédé douteux des indiens.

Surtout le petit Michael, qui, avec Groleau et Lespérance, fait partie de l'état-major de Marc Chabot. Un vrai hyperactif superimaginatif qui pour une fois a de vraies raisons de courir dans tous les sens pour éviter les projectiles ennemis.

—Vous trichez! Bande de lâches! Attendez qu'on approche! Vous allez voir! se plaint Michael sans pouvoir rien y faire.

—Viens, Michael! Qu'est-ce que t'attends? réplique Marie-Ange, qui dirige un des commandos indiens.

Michael abaisse son bouclier dans un geste de défi. Immédiatement, une salve fournie de mottes de glaise s'abat sur les Conquistadors et Michael court se cacher derrière Marc.

— Aie! Ça pince, votre boue! On n'a pas droit aux choses qui font mal! proteste Marc.

— Et qui salissent! précise Michael.

— Ce qui te fait mal, Marc, c'est que ton attaque-surprise... tu l'as ratée. Puis, nous, on l'a réussie! réplique Julien, provoquant une clameur victorieuse de ses Indiens contents d'humilier les Conquistadors.

Laurent, le petit frère de Michael, n'est pas moins hyperactif que lui. Il fait un tout minuscule Conquistador mais déplace de l'air comme dix. Réfugié entre Groleau et Lespérance, il ramasse les mottes de boue qui sont tombées sur le radeau. Quand il les relance, elles éclatent au départ, aspergeant les deux compères déjà entièrement maculés.

— C'est pas juste. On la perd tout le temps, votre guerre.

— Si t'avais su, tu serais pas venu, c'est ça?

— Qu'est-ce que tu veux dire?

—Laisse tomber! T'as pas vu assez de films pour comprendre! réplique Suzie Lespérance, que les circonstances de la bataille n'incitent pas à s'engager dans de longues explications.

•••

Pendant ce temps, les efforts de Sarah pour sortir de la boue ne font que mieux lui enfoncer les pieds. Elle est collée au lit de la rivière. Cela ne l'empêche pas de ramasser des mottes de boue et de répliquer aux nombreux Indiens qui l'encerclent, menés par Mario Papineau, le lieutenant de Julien.

—Rends-toi, Sarah Chabot! T'es encerclée.

—Jamais!

Sarah a beau s'entêter, elle est durement bombardée.

Mario Papineau, pourtant d'un naturel timide et sage, s'emporte toujours quand il se sent soutenu d'une bande. Alors, il ameute encore plus de monde et donne l'exemple en lançant ses mottes avec une vigueur exagérée, cherchant vraiment à faire mal. Justement, une motte atteint Sarah au front.

Elle serre les dents et réprime un san-
glot de douleur. La boue coule sur son
visage, lui chauffant les yeux. Décidée
à tout souffrir sans faiblir, elle se
recroqueville pour faire une cible plus
petite et se protéger le visage.

À distance, Julien s'aperçoit de la
position précaire de Sarah. En vitesse,
il quitte le gros de sa bande, qui continue de harceler Marc et les radeaux
des Conquistadors. Il se dépêche de
rejoindre Mario Papineau et son groupe
de tirailleurs.

— Stop! Mario! C'est assez! Ça va
faire! On arrête tout. Cessez-le-feu
général!

— Bien quoi? Elle veut pas se
rendre, rouspète Mario pendant que
Julien court en bordure de la rivière
jusqu'à Sarah, qui se relève, narguant
Mario d'une mimique hautaine.

À voix basse, Julien interroge
Sarah :

— T'es correcte? Ils t'ont pas fait
mal?

— Non. C'est rien!

Sarah fait la fière. Elle a quand
même une belle bosse sur le front et
l'allure d'un crapaud dans un bain de
boue. De son radeau, l'œil froid, Marc
observe de loin sa sœur encerclée par

les Indiens. Il se demande ce qui se passe d'assez grave pour que Julien arrête une bataille qu'il est en train de gagner.

—Marc, ils ont pris ta sœur. On attaque pour la libérer ? s'inquiète Suzie Lespérance.

—Non ! Elle avait juste à pas se laisser prendre.

—Pas question. Venez-vous-en, les filles !

Suzie saute à l'eau, entraînant avec elle les plus braves des Conquistadors.

—Arrêtez, j'ai dit ! On reste ensemble... Ma sœur peut s'arranger toute seule. Revenez.

Pour une fois, Marc hurle son ordre avec l'autorité nécessaire pour arrêter les dissidents, qui remontent dans les radeaux. En fait, Sarah ne semble plus en grande difficulté. Julien l'aide à se dépêtrer de la vase. En même temps, il ordonne à voix forte, pour que les siens entendent bien :

—O.K. Tu peux aller rejoindre ta bande, Sarah Chabot.

—Si je veux ! proteste-t-elle.

—Sarah, arrête de faire la fière... Je pouvais pas les laisser faire, murmure Julien, plutôt embarrassé et convaincu que son geste ne va pas plaire à sa bande.

En effet, de la rive, Mario Papineau s'impatiente et veut des explications.

— Julien, pourquoi tu la relâches ? C'est la sœur de Marc !

— C'est défendu d'achever les blessés ! prétend Julien en invoquant les lois de guerre.

L'arbitre indien confirme la règle :

— C'est vrai. Article 3d. Même toi, Mario Papineau, t'as voté pour cette loi-là.

— J'suis pas blessée. Ils m'ont pas fait mal, je t'ai dit, soutient Sarah, qui n'aime pas s'avouer vaincue.

Du creux de la main, Julien puise de l'eau qu'il verse sur le front de Sarah. La boue se dissout, dévoilant une ecchymose douloureuse.

— T'es blessée. Ici, sur le front. Va rejoindre ta bande. De toute manière, on a gagné. On vous laisse tous repartir, conclut Julien en se donnant des airs supérieurs peu convaincants.

Sans se presser, Sarah s'éloigne dans la rivière avec de l'eau à mi-cuisse. Sur leurs radeaux hérissés d'épées, de lances et d'une carapace de boucliers, les Conquistadors observent les Indiens assemblés derrière Julien. Les deux clans sont prêts à réagir à tout signe de reprise des hostilités.

Mario Papineau est fâché de perdre l'occasion d'humilier franchement les Conquistadors.

—Julien, c'était le temps ou jamais de leur en donner une bonne... Puis, j'avais une prisonnière. Ça nous faisait un trophée de guerre. C'est quoi, l'idée?... As-tu un œil sur elle?

—Voyons donc, niaiseux, lance Julien en jouant les vierges offensées.

Avant que Mario puisse insister, l'arbitre indien y va d'une opinion tranchée à propos des prisonniers de guerre :

—Les prisonniers, de toute façon, il faut les relâcher avant six heures le soir, à temps pour le souper, puis les nourrir pendant le jour, puis les traiter comme il faut, ce qui fait qu'ils exagèrent en demandant toutes sortes de choses. Je vous le dis, moi, c'est trop de problèmes, des prisonniers. Vaut mieux pas en faire.

—Dis donc, toi, t'es arbitre ou chef? regimbe Mario avant de revenir à Julien la mine préoccupée. T'es plus comme avant, Julien. On dirait que ça t'intéresse plus, la guerre.

Julien ne sait comment lui répondre. Du coin de l'œil, il voit Sarah qui s'est arrêtée à mi-chemin dans la rivière et se débarbouille le visage en puisant de l'eau entre ses mains jointes. En fait, elle épie les Indiens et constate que son frère aussi s'interroge sur les motifs de sa libération par Julien. On sait le chef ennemi généreux, mais il y a des limites !

Alors, Sarah se prépare une motte de glaise en cachette. Au moment propice, elle la lance vivement vers Julien... qui choisit cet instant pour se retourner. La motte l'atteint en plein visage. Julien encaisse le coup sans broncher. Ses Indiens ne peuvent s'empêcher d'éclater de rire. Un coup aussi parfaitement ciblé n'est pas à dédaigner.

Sarah fend l'eau, sautillant pour rejoindre les Conquistadors, qui hurlent de bonheur. Sa bravade ne lave pas la défaite, mais elle dilue l'amertume des vaincus. Elle grimpe sur un radeau et est reçue en héroïne. Malgré tout, son frère Marc reste de mauvaise humeur. C'est qu'il aimerait bien avoir le dernier mot. Alors, il crie par-dessus tous :

—Aie, les arbitres! Julien! Demain, je convoque une réunion de lois de guerre. Faut faire interdire ça, les mottes de boue. C'est trop dégueulasse.

—Ça pue, puis c'est plein de pollution! ajoute Michael.

Lespérance et Groleau froncent les sourcils, ce qui craquelle la boue que le soleil sèche sur leurs visages.

—Comment ça, on va encore faire des lois?

—C'est pas toi qui disais qu'il y en avait trop?

—Nous aussi, explique Marc, on a le droit de faire des lois. Les Indiens s'en privent pas, eux.

—Hé, Groleau! t'aimes ça tant que ça, la senteur de merde de grenouille,

de crottes de poisson puis de pipi de ouaouaron? surenchérit Michael, narguant Groleau et Lespérance.

Julien a consulté son arbitre. Les mains en porte-voix, il répond à Marc.

—C'est d'accord. *Meeting* de lois de guerre, demain matin, dix heures. Où on fait ça?

—Dans notre repaire de la cabane à sucre. On n'a pas peur de le montrer, nous. C'est pas comme votre fameuse forteresse, qui existe même pas, je gage.

Les Conquistadors ironisent, se moquent, blaguent et se gaussent des Indiens. En paroles, ils retrouvent de l'audace. Julien se contente de confirmer qu'il sera au rendez-vous et les arbitres rappellent à tous les conséquences de la trêve :

—Ça veut dire que la guerre est suspendue demain pour toute la journée.

—Ouais, ouais, fatigants! On l'sait! regimbe Suzie Lespérance.

Pendant que les radeaux des Conquistadors s'en retournent, Groleau menace :

—On va revenir. Vous allez y goûter la prochaine fois.

—Oubliez pas que, dans la vraie vie, les conquistadors vous ont exterminés, les Indiens, précise Michael.

Parce que Julien ne réplique rien, Mario Papineau assomme la bande de Marc en criant la vérité :

—Le camping Nord a gagné! Le camping Sud, c'est des poules mouillées. R'tournez brailler chez vous, les caves!

Les radeaux disparaissent au tournant de la rivière. Les Indiens retournent dans les bois.

● ● ●

Chapitre 2

La défaite et l'horreur

Les Conquistadors ont quitté la rivière. Ils vont trois de front par un large sentier, la mine basse, sans rien dire. Tous chaussent des bottes de pluie maquillées en bottes de conquistadors. Pleines d'eau, elles font de pathétiques bruits de succion et de ridicules clapotis qui se répercutent honteusement dans la forêt épaisse.

Sarah marche derrière son frère. De mauvaise foi, Marc met sur le dos de sa sœur l'échec de sa stratégie de guerre. C'est une mauvaise habitude qu'a prise Marc de toujours mettre la faute sur les autres plutôt que de se remettre en question.

—En tout cas, t'es nouille vrai, ma sœur. Je te mettrai plus jamais à l'avant-garde. As-tu fait exprès pour pas les voir?

—Ils étaient bien cachés. On les voyait pas du tout. Demande à Groleau et Lespérance. Ils ont bien vu qu'on voyait rien.

—Puis, c'est quoi cette histoire, là? Julien te fait de l'œil ou bien quoi?

—Julien? Niaiseux! Je l'ai quand même eu en pleine face, moi! Peux-tu en dire autant, toi?

Sarah fait l'offensée. Elle accélère le pas, laissant son frère en plan. Suzie Lespérance a tout entendu. Son visage se durcit et Marc évite son regard.

—Hé, Marc, nos bottes sont pleines d'eau. T'aurais pas dû nous faire marcher dans la rivière pour revenir.

—C'était plus vite comme ça. Il y avait plein de roches. Les radeaux passaient plus, puis ça nous a nettoyés un peu, se justifie Marc, même s'il donne raison à Suzie en signalant une pause à toute sa troupe et en s'assoyant sur un tronc d'arbre abattu pour vider ses bottes.

Comme Marc, la plupart des Conquistadors vont nu-pieds dans

leurs bottes de caoutchouc. C'est que, l'été, il fait chaud les pieds dans le caoutchouc.

Fatigué et déprimé, Michael observe Marc en train d'évacuer un liquide sale de sa botte. Tout à coup, il remarque une chose inhabituelle pendouillant au pied de son général.

—Marc, c'est quoi qui te pend entre les orteils?

La chose est noire, luisante et élastique. Collée au pied de Marc, elle se replie, se gonfle ou s'aplatit. Horreur! c'est une sangsue! Marc panique. Il somme Michael de la lui enlever au plus vite, n'osant lui-même toucher à l'affreux petit vampire de rivière.

—Qui, moi? Pas question! Je touche pas à ça! Ça m'écœure! hurle Michael, s'empressant d'enlever ses propres bottes pour découvrir ses pieds couverts de sangsues bien cramponnées à sa peau.

Tout autour, les Conquistadors font comme lui. Avec la même mauvaise surprise, qu'exprime une escalade de cris épouvantés. Tous répugnent à arracher les bestioles. Simplement les toucher écœure les plus braves. Heureusement, Groleau et Lespérance sont là pour sauver la situation.

— Bouge pas, chef! On s'en occupe!

— Que personne les arrache. Autrement, ça va pas arrêter de saigner. Laissez-nous faire. On est experts, ordonnent Groleau et Lespérance en se précipitant au secours des uns et des autres.

Autant Michael est heureux de les voir arriver, autant il se méfie. Il y a un éclair de convoitise bien étrange dans les yeux de ces deux-là. Et puis, ce n'est pas leur genre d'offrir gratuitement leurs services. « Il y a anguille sous roche », se dit Michael, que cette image spontanée dégoûte à peu près autant que la vue des sangsues vissées à ses mollets.

— Passe-moi ton lunch, Michael, clame Groleau.

— Pourquoi faire? Ça boit du sang, ces bêtes-là. Elles en voudront pas de mes sandwichs au jambon.

Groleau n'écoute pas. Il vide le sac à dos de Michael, prend un contenant de plastique et jette les sandwichs qu'il contient. Pendant ce temps, sans la moindre crainte, Suzie Lespérance saisit une première sangsue sous le pied de Marc et lui fait lâcher prise d'un tour de main. Sitôt, le noir vampire de rivière est jeté dans le contenant à sandwichs de Michael. Ensuite, les compères s'enthousiasment en examinant la jambe de Michael :

—Wow! Groleau, as-tu vu la grosse que Michael a sur le mollet? Elle est effrayante.

—Hé, on va en faire, des affaires, avec ça. Les pêcheurs vont nous les acheter au moins trois dollars la douzaine!

—Bien plus cher que ça. Au moins cinq dollars pour dix, pis trois pour cinq. Sont extragrosses.

—Super! On va être riches.

«C'est scandaleux», pense Michael. Voilà donc ce qui motive ses sauveteurs, l'appât du gain! Mais il n'en dit rien, dégoûté et plissant les yeux, n'osant pas regarder ce qu'on lui enlève du pied... Quand même, à la fin, la curiosité prend le dessus. Il ouvre une paupière juste assez pour apercevoir sa jambe tendue et Groleau lui jouant sous le mollet. Au début, il ne voit pas la sangsue cachée sous son mollet... À mesure que Groleau la dégage, elle lui apparaît immense. Tellement que Groleau la tient à deux mains pour la déposer dans le contenant à sandwichs, dont elle déborde.

Michael ferme vivement les yeux. La tête lui tourne. Il se sent faible. Un pareil monstre l'a sûrement vidé de tout son sang. Lorsque, fiers de leur coup et pour l'écœurer encore un peu plus, Groleau et Lespérance lui présentent le contenant de sangsues, Michael ne veut pas réouvrir les yeux.

— Regarde comme elles sont belles. T'en avais toute une famille entre les orteils, se pâme Groleau.

— Ça devait te chatouiller, hein, Michael, se moque Lespérance.

La taquinerie n'a pas l'effet escompté. Loin d'être écœuré, Michael paraît déçu de ne pas retrouver l'énorme sangsue qu'il a imaginée.

— Ah... elles sont bien petites. Je pensais les avoir vues beaucoup plus grosses que ça...

— Comment ça, plus grosses? C'est pas des boas, c'est rien que des sangsues! grogne Suzie.

Les réflexions bizarres de Michael l'étonneront toujours. Regardant de travers Michael, elle poursuit la cueillette de sangsues fraîches et bien gavées de sang. Ni elle ni Groleau ne se pressent de soulager l'armée des Conquistadors. Plus longtemps les sangsues se seront nourries, mieux elles se

conserveront et meilleurs seront les profits!

• • •

L'après-midi tire à sa fin lorsque la bande de Marc sort enfin de la forêt. Les pauvres Conquistadors font pitié à voir. Clopin-clopant, ils vont nu-pieds de peur d'enfiler des bottes où se cachent peut-être encore des sangsues, ils ont des ampoules aux pieds et la honte de la défaite au visage. Sans un mot, ils se dispersent sur un terrain de camping bordé de gazon frais coupé.

Sarah ouvre la marche. Marc n'est pas loin derrière, entouré de son état-major. Bien sûr, Laurent, le petit frère de Michael, leur colle aux fesses. Sa présence embête les grands, mais des soucis plus graves font qu'on ne pense pas à le renvoyer. C'est que, l'un après l'autre, chaque Conquistador se fait vertement sermonner en retrouvant ses parents.

Même Olivier, l'arbitre conquista-dor, sitôt entré dans sa roulotte, est expulsé par un père en colère. Il n'est pas aussi souillé de boue séchée que les autres, mais il n'est quand même pas joli à voir.

—Olivier! Sors dehors! Tu salis les tapis! À quoi tu penses? D'où tu viens comme ça?

—C'est pas de ma faute, papa. C'est ceux de l'autre bord du lac : ils nous ont lancé de la boue avec des sangsues dedans. C'est écœurant; on en a eu tout partout sur le corps.

Marc écoute en silence les remontrances qui n'en finissent plus. Quand Olivier prétend que les Indiens de Julien ont mis des sangsues dans leurs mottes de boue, il fait une moue approbatrice. « C'est évident, pense-t-il, nos ennemis trichent tout le temps. » Sarah devine ses pensées et tient à corriger sur-le-champ cette fausseté :

—Marc, c'est pas vrai qu'ils ont lancé des sangsues. C'est parce que tu nous as fait marcher dans la rivière.

—Qu'est-ce que t'en sais, ma sœur? Ils en ont peut-être mis. T'essaies encore de les défendre?

Haussant les épaules, Sarah reprend le chemin de la maison sans plus un mot. Que Sarah se fasse encore une fois rabrouer par son grand frère déplaît à Suzie. Elle prend sa défense :

—Sarah a raison. Ça se peut pas, mettre des sangsues dans une motte de boue.

—Ouais... On a déjà essayé... confirme Groleau, sans poursuivre son explication car il est soudain interrompu par de grands cris douloureux. Ce sont les jumeaux de Léo Laperle qui se font nettoyer à grand jet de boyau d'arrosage en bordure de l'allée.

—C'est froiiiiddd! Aaaah! Arrête, papa! crient les pauvres, mais Léo Laperle n'a aucune pitié de ses petits Conquistadors boueux et malheureux.

—Restez tranquilles. P'tits salauds! Vous entrez pas dans la roulotte dans cet état-là. C'est pas une porcherie!

Traînant la patte, Marc et son état-major poursuivent leur pénible traversée du camping. Leurs yeux vont de gauche à droite, selon ce qui se dit tout autour. Que ce soit de la bouche des parents ou des jeunes, de partout à la fois s'élèvent le même genre de propos démoralisants:

—C'est fini. Vous retournez plus jouer à ce jeu malpropre.

L'humiliante défaite de la journée semble de plus en plus définitive. Après ça, il faudrait un miracle pour que le clan des Conquistadors se relève.

—Ça va être difficile de recruter du monde pour reprendre la guerre, constate Michael, la mine basse.

—De toute manière, demain, la guerre est arrêtée. Ça donne le temps de penser à une solution, propose Marc, sans trop y croire.

—Pour commencer, on devrait peut-être essayer de gagner une bataille. Hein, Marc? ironise Suzie Lespérance.

Dans l'esprit de tous, gagne ou perd, ce qui s'impose, c'est comment empêcher les parents de rendre la guerre impossible!

—Faudrait qu'ils les haïssent plus, ceux de l'autre côté du lac. Comme ça, ils nous encourageraient à les battre, analyse Michael, sans éveiller beaucoup d'enthousiasme.

—C'est déjà pas le grand amour entre eux. J'vois pas comment ça pourrait être pire.

Groleau n'a pas fini de parler qu'il donne tête première dans une toile d'araignée. Le contact des fils l'écœure; la peur qu'une araignée lui tombe dessus le fait agiter follement les mains. Cela fait ricaner Marc et Suzie, amusés que Groleau, le dur de dur, s'effraie comme une fillette juste pour une araignée! Tout à coup, Michael a une idée lumineuse :

— Je l'ai. Je sais ce qu'on peut faire. Écoutez-moi, les gars. Tu vas l'aimer celle-là, Marc.

Les quatre s'approchent en cercle, les bras sur les épaules, la tête penchée en avant, question d'envelopper l'idée de Michael du plus grand secret. Exprimée à voix basse, cela va de soi, cette idée lumineuse se dissimule aussitôt au plus profond de la boîte à mauvais coups de chacun. C'est peut-être qu'il n'a plus le moral, mais cela semble beaucoup trop gros pour Marc, qui sort du groupe, en complet désaccord.

— Il en est pas question. Si on se fait prendre, on est morts! Oublie ça, Michael! Penses-y même pas!

— Voyons donc, Marc, on se fera pas prendre! proteste Suzie, plus facilement convaincue.

— C'est sûr que ça va marcher, mon idée. Cent pour cent garanti, insiste Michael.

Rien à faire, Marc n'écoute plus et va son chemin. Le petit Laurent s'est tout ce temps mêlé aux grands, qui, tant qu'il ne disait rien, l'ignoraient à défaut de l'accepter.

— Je l'aime beaucoup, moi, ton idée, Michael, a-t-il à la fin le malheur de dire.

Illico, Michael lui signifie sans équivoque son congé :

— Laurent, va-t'en te laver à la maison. Allez, ouste. Puis, arrange-toi pour que maman te voie pas sale comme ça. Compris?

À contrecœur, le Laurent laisse les grands continuer leur chemin. Il court vers le *camper* familial. Il y trouve sa mère et sa tante Huguette lui tournant le dos, occupées à surveiller une cuisson sur charbon de bois. Recouvert de boue à moitié séchée qui lui donne une allure de monstre du lagon, Laurent oublie le conseil de son grand frère et s'annonce avec entrain :

— Salut, maman. On a fini de jouer. Qu'est-ce qu'y a pour souper?

La mère et la tante pivotent d'un même geste, présentant des visages enduits d'un masque verdâtre de boue cosmétique. Le petit Laurent sursaute, stupéfait. La mère et la tante en font autant, le reconnaissant à peine.

— Mon doux! Veux-tu bien me dire ce que t'as fait? T'as pas d'allure de revenir arrangé de même. Des idées pour nous faire craquer la face. Viens ici. Viens te laver, dit la mère en ouvrant le robinet.

Par chance pour Laurent, les restrictions d'élocution imposées par le masque de ces dames confèrent une certaine retenue à l'accueil qu'on lui fait. Sinon, il aurait été quitte pour un sermon d'une demi-heure au moins.

• • •

Marc habite une maison mobile installée à demeure à l'entrée du camping. La roulotte est impeccable, entourée d'arbustes plantés là depuis dix ans au moins et régulièrement taillés. Un écriteau fixé à la porte annonce impérativement : *Propriétaire-Gérant Général, Louis-Georges Chabot*, avec des majuscules débutant chaque mot pour que cela fasse plus sérieux.

Quand Marc arrive à la maison, son père taille ses arbustes armé d'une cisaille électrique dernier cri. Il est de tempérament vindicatif et fait du jeu de guerre une question personnelle.

—Puis, Marc? Vous leur avez donné une bonne raclée?

Le garçon hésite, ne sachant comment présenter une vérité humiliante. Il n'aura pas à le faire car, arrivant d'un *camper* peint au *airbrush* de grandioses scènes de nature où figurent des animaux sauvages aux postures artificielles, un voisin interpelle sèchement Louis-Georges Chabot. C'est Philippe Beauregard, grand amant d'une nature idéalisée et peintre animalier professionnel. Il travaillait à un tableau décrivant les animaux de la savane africaine quand son garçon, Maxime, lui est revenu transformé en éboueur des bois. De mauvaise humeur, Philippe Beauregard pousse Maxime devant lui et le présente à Louis-Georges, son pinceau lui servant de baguette pour désigner les plus évidentes salissures de son fils.

—Louis-Georges! as-tu vu dans quel état mon gars me revient? J'espère que ça va bientôt finir, ce jeu-là. C'est pas civilisé. Ça manque de classe, vraiment.

—Hier, Philippe, tu te plaignais des moustiques. Bien... couvert de boue, ton gars se fera plus piquer, se moque Louis-Georges, qui déteste se faire critiquer.

—Je n'ai pas envie de rire, Louis-Georges. Je n'amène pas mon fils passer des vacances avec moi pour qu'il se transforme en barbare.

—Bof. Moi, je trouve qu'il fait un beau portrait. Ben quoi, Philippe? À côté d'un lion. Ton garçon aussi, il fait peur.

Philippe Beauregard s'éloigne, offusqué. Il n'a plus rien à ajouter et considère que son silence pèsera plus lourd.

Louis-Georges a beau ironiser, il est encore plus vexé que son voisin. D'un coup de tête, il ordonne à Marc de le suivre dans leur *Winnebago*.

Sarah est déjà à l'intérieur. Elle s'est mis un pansement sur le genou et sur le front des cubes de glace enveloppés dans une débarbouillette. Comme si elle ne comptait pas, le père et le fils discutent entre eux sitôt entrés. Ou plutôt, Louis-Georges sermonne son fils sans lui donner le temps de placer un mot. D'abord, il laisse Marc prendre place à la banquette de la dînette. Un temps, il laisse l'expression sévère de son fasciès paternel alourdir le silence. À la fin, il fronce les sourcils, pour bien appuyer la gravité de ce qu'il va exprimer.

—Marc! Marc! Marc! commence-t-il en répétant à outrance le nom de son fils pour bien capter son attention. Marc, depuis toujours, chaque été, les jeunes de notre camping font la guerre à ceux de l'autre côté du lac. Je peux pas croire que l'été où mon garçon devient chef on va perdre toutes les batailles.

—C'est rien qu'un jeu, papa.

—Non, mon garçon. La guerre, c'est pas un jeu. Ça n'a jamais été un jeu. Ça n'en sera jamais un. La vie, c'est pas un jeu. Le plus fort gagne. Faut être mou, puis *looser* pour penser le contraire! Fais quelque chose, Marc! Réagis!

—J'ai convoqué un *meeting* de lois de guerre. Demain, je vais faire interdire ça, la boue sale.

—Voyons donc, Marc. Des lois! Des règlements! C'est pas comme ça que tu vas te faire justice. Moi, dans mon temps, la loi, c'était la loi du plus fort. Puis, on les battait, les B.S. de l'autre bord du lac.

Dans son coin, Sarah ne peut que tout entendre. Les opinions de son père la fatiguent depuis longtemps, surtout qu'il remâche toujours les mêmes.

—Ah, papa! S'il te plaît, recommence pas, j'ai mal à la tête, finit par lancer la fillette.

—Sarah, laisse-moi parler, l'interrompt son père, pour aussi vite poursuivre à l'intention de son fils : Marc, sur mon terrain de camping, il y a

juste des professionnels, des méde-
cins, des avocats, des notaires, puis
des hommes d'affaires...

—Pas tout le monde. M. Philippe,
lui, c'est un artiste, objecte Sarah,
aussi têtue que son père.

—Sarah, on ne contredit pas son
père.

Pour se donner raison, Louis-
Georges se penche à la fenêtre, y pre-
nant des jumelles posées sur le rebord.
Un bref moment, il observe Philippe
Beauregard, qui est revenu à son
chevalet.

—Lui... je sais pas comment il fait son argent parce que, moi, je donnerais pas cher pour ses peintures. En tout cas. C'est l'exception qui confirme la règle... Parce que, vois-tu, Marc, dans mon camping, à part lui, y a juste des leaders. Du monde qui ont des employés. De l'autre bord du lac, c'est rien que des employés. Nos employés, bien souvent. C'est juste normal que ce soit nous, que ce soit nos enfants qui la gagnent, la guerre du lac Noir. Le contraire serait très gênant pour moi.

Louis-Georges est en nage. Tailler ses arbustes décoratifs au gros soleil et éduquer son fils ont de quoi le faire suer. Il se verse un verre d'eau fraîche. Marc en profite pour sortir, ulcéré par le sermon de son père qui finit mal une journée pénible. Il va droit vers Michael, Groleau et Lespérance, qui se décrottent à un robinet extérieur. À la réaction enthousiaste des garçons, on devine que Marc se range à l'idée de Michael.

Avalant son eau à la fenêtre, Louis-Georges observe Marc donner ses ordres. Cela lui plaît. Il est fier d'avoir sermonné son fils et s'attribue déjà le mérite de ses succès à venir.

Cela réglé, Louis-Georges pense à sa fille. Elle se repose devant la télé dont elle a coupé le son. Sarah n'a pas bonne mine. La glace fond dans la débarbouillette et dégouline sur sa joue. Elle semble épuisée, mais n'en dit rien, ne demande rien et ne se plaint pas. Sarah est un mystère pour son père. Il ne sait comment lui parler. Avec les femmes, rien n'est jamais simple pour Louis-Georges. Il faut toujours aller au fond de la moindre chose, parler longuement et verbaliser chaque détail. «C'est tellement plus facile entre hommes», pense-t-il.

Ayant observé quelque temps sa fille, il tente d'engager une conversation, de se montrer gentil. Bourru comme il est, ses bonnes intentions dérapent aussi vite.

— Qu'est-ce que t'as fait? T'es tombée? Tu t'es fait mal?

— J'ai rien. C'est pas grave.

— Regarde-toi donc. C'est pas un jeu de fille, la guerre. Ça t'apprendra. La prochaine fois, Sarah, vas-y pas.

— Je suis meilleure que bien des gars, tu sauras, papa.

— Ah ça! ça m'étonne pas avec la «bande de moumounes» qu'on a cette année! La prochaine fois, tu ferais mieux de rester ici à jouer à la poupée. La guerre, c'est pas pour les filles…

La suite du discours, Sarah ne l'entend pas. Elle se concentre sur les images muettes de la télé, laissant les propos de son père se buter à un mur d'inattention.

• • •

Chapitre 3

Les secrets de la nuit

Le soir tombe. Canne à pêche à la main, Julien traverse son camping, le camping Nord. Ici, les tentes modestes, les tentes-roulottes défraîchies ou de simples habitacles en plexiglas posés à l'arrière des *pick-ups* contrastent avec l'équipement coûteux du camping de Louis-Georges Chabot, le camping Sud.

Au nord, les familles de diverses ethnies se côtoient : des Antillais, quelques Asiatiques, des Européens de l'Est, une famille africaine, des gens d'Amérique du Sud. Louis-Georges ironise à ce propos, surnommant le camping Nord «l'ONU des tout-nus de l'autre bord du lac». Il y a pourtant

autant de gens issus de cultures diffé-
rentes dans son camping à lui, mais ils
ont aplani leurs accents, ils se sont
intégrés et embourgeoisés. Tout le
contraire du camping de Julien, qui
respire la simplicité, où personne ne
songe à masquer ses origines.

Julien rejoint ses parents, qui ont
installé leur tente-roulotte près de la
plage. Sa mère, Sophie, travaille à son
ordinateur, assise à une table à pique-
nique. Elle est pigiste. Pour elle, les
vacances sont l'occasion de rattraper
les retards. Son père, Luc, vide la toi-
lette chimique, une tâche délicate et
plutôt ingrate.

—Maman, je m'en vais à la pêche
sur le lac.

—T'as demandé à ton père? Ce
soir, c'est pas ton tour de faire la vais-
selle?

—Non, maman, c'est le tour de
papa... P'pa, je peux y aller?

—Ouais. Prends ta veste de sauve-
tage. Ta lampe de poche aussi. Reviens
pas trop tard.

—J'aime pas que tu sois sur le lac
à la noirceur, ajoute Sophie, sans lever
le nez de l'écran de son ordinateur.

—Y a pas de danger. Je fais attention.

Julien s'éloigne. Sophie étire son dos raidi à force d'être penché sur l'ordinateur.

— L'été prochain, si on pouvait se louer un chalet, on serait mieux installés pour travailler. Les vacances, c'est bien pour Julien, mais nous, on peut pas beaucoup ralentir si on veut joindre les deux bouts.

— On va pouvoir, chérie. On a suffisamment de contrats maintenant. Le camping, c'est bien, mais t'as raison, l'an prochain, ce serait bien un chalet avec un peu moins de monde autour. On y serait plus tranquilles, c'est certain.

S'éloignant, Julien ne manque rien de la conversation entre ses parents, qui porte loin dans l'air du soir. Il leur jette un regard contrarié par-dessus l'épaule. Le lac Noir, c'est important pour lui. Les projets de ses parents l'embêtent beaucoup.

Perdu dans ses pensées, il ne voit pas Mario Papineau. Depuis un bout de temps, le garçon guette le départ de Julien pour la pêche. Quand Julien jette sa canne au fond d'un canot et enfile sa veste de flottaison, Mario se pointe, un grand sourire aux lèvres mais les sourcils froncés par une appréhension sournoise.

— Julien, je peux aller pêcher avec toi?

— Non, Mario. Le soir, j'aime mieux y aller tout seul, lui oppose Julien, dissimulant mal sa contrariété.

— Pourquoi ça?

— Ben... faut pas faire de bruit puis tu parles tout le temps. On ira demain ensemble.

— On sait bien, le jour, les poissons deviennent sourds, se plaint Mario, désappointé et chagriné.

Julien pousse vite son canot, fuyant son ami avant que ce dernier trouve le courage d'insister. À grands coups d'aviron, il s'éloigne sur le lac déjà sombre.

• • •

Le soleil vient de passer sous l'horizon. Ses dernières lueurs illuminent le ciel. À l'embouchure de la rivière au fond du lac, entre les pins élancés, la pleine lune se lève. Rainettes, grenouilles et ouaouarons mènent un tapage mystérieux. Julien accoste à un rocher. Un kayak y est déjà amarré sous un arbre. Abandonnant sa canne à pêche dans le canot, Julien saute sur le rocher et l'escalade rapidement pour entrer dans la forêt.

Au sommet d'une petite falaise dominant le lac Noir, une silhouette l'attend, assise sur un tronc, devant un petit feu de camp. C'est Sarah qui, munie d'une lunette de vision nocturne, a suivi Julien traversant le lac. Maintenant qu'il est là, elle espionne plus bas les grenouilles croassant le long de la berge.

—Salut, Julien. Je t'ai vu partir, puis je t'ai suivi tout le long, dit-elle, d'une voix heureuse où perce un peu de gêne.

Avoir en pleine guerre un flirt avec le chef du clan adverse, ce n'est pas rien, surtout que cela dure depuis longtemps sans que personne ne s'en doute. Sans hésiter, Julien prend place à côté d'elle.

—C'est à qui, ça? demande-t-il, désignant la lunette de vision nocturne.

—À mon père. Ça lui sert à surveiller ce qui se passe dans notre camping.

Sarah passe la lunette à Julien. Pendant qu'il épie à son tour les grenouilles, elle examine l'ecchymose sur le visage du garçon.

—Je t'ai pas fait trop mal, Julien? C'est Mario que je visais.

—T'as bien fait. Comme ça, ils se doutent pas pour nous deux.

—Si mon père savait, il voudrait pas qu'on se voie. Puis, mon frère me ferait des misères.

—Moi, mes parents parlent de passer nos vacances ailleurs l'été prochain.

—Ah? Alors, c'est notre dernier été ensemble au lac Noir.

—Je sais pas comment les faire changer d'idée.

Ennemis le jour par la force des choses, tous les soirs, Sarah et Julien passent des moments tendres. Chaque fois, l'intimité de leurs rencontres secrètes les trouble. Ce soir, Julien cache sa gêne en s'intéressant aux grenouilles qu'il voit dans la lunette. Justement, une grenouille imprudente passe trop près d'un gros ouaouaron. D'un bond, le ouaouaron saute sur elle et la gobe tout rond.

—As-tu vu les grenouilles? Elles se mangent entre elles!

—J'ai vu. Ça arrête pas. Papa dit que c'est ça, la vie : les gros mangent les petits.

—Moi, mon père dit que si les petits se mettent ensemble, les gros pourront rien contre eux.

—C'est nul, les adultes. Ils devraient trouver une meilleure manière de penser.

—Dans mes livres d'histoire, ça se passe tout le temps comme ça. On dirait que personne réussit jamais à faire autrement... Ou il y a peut-être eu Ghandi.

—C'est qui ça, Ghandi?

—Je sais pas, je suis pas rendu là dans ma lecture.

—Ah!

C'est ainsi qu'ils philosophent, sensibles aux beautés et aux tares de l'humanité, s'interrogeant sur la place qu'ils auront sur Terre. Des questions bien sérieuses mais, assis l'un contre l'autre, s'enserrant dans la nuit fraîche ou contemplant l'infinité du ciel étoilé, ils ne peuvent réfléchir à des banales futilités.

—Un jour, les adultes, il faudrait qu'ils arrêtent de vouloir qu'on soit pareils comme eux. Ils devraient comprendre que c'est mieux qu'on soit très différents.

—Ça non plus, ça doit pas être facile. Dans mes livres, quand ils sont jeunes, ils veulent tout changer. Puis, quand ils grandissent, ils sont presque tout le temps pas du tout différents.

—C'est déprimant vrai!

Ils se taisent, épaule contre épaule, observant la lune s'élever au-dessus des arbres. Sarah appuie sa tête sur l'épaule de Julien... Doucement, elle lève les yeux vers le garçon et approche les lèvres de sa joue. Soudain, Julien s'en aperçoit et recule :

—Hé! Non! Fais pas ça!... J'suis plein de lotion antimoustiques. Si ça te touche la bouche, ça va goûter dégueulasse, ça va te brûler longtemps.

Sarah hésite, le temps de réfléchir au moyen de contourner le problème.

— Moi aussi, je me suis mis de la lotion, mais pas sur la bouche... Toi non plus, je suppose?

Julien acquiesce de la tête. Sarah allonge les lèvres le plus en avant possible. Tant pis pour la lotion anti-moustiques, ce moment magique, excitant, vaut le risque. Julien l'imite. Et c'est ainsi qu'ils s'embrassent impérativement du bout des lèvres, enlacés à bout de bras...

Tandis que, tapie dans la forêt, une silhouette étrange les observe un instant. Une silhouette d'homme avec une grosse tête et des mains énormes prenant appui sur un bâton de marche tordu et noueux. Après un court moment, l'homme mystérieux s'éloigne dans la forêt sans un bruit, comme marcherait un fantôme.

• • •

Un *pick-up* noir roule sur un chemin forestier. Il transporte, couché dans la benne, un gros cylindre d'acier clos par un grillage coulissant sur des rails verticaux.

Les phares du camion éclairent tout à coup une silhouette sur la route : celle de cet homme étrange à la tête d'extraterrestre, qui lève sa grosse main pour intimer au *pick-up* de s'arrêter.

Deux hommes bondissent du camion après avoir éteint les phares et coupé le moteur. Ils ont des allures de conspirateurs, jetant aux alentours des regards inquisiteurs, s'assurant que personne n'est dans les parages. En pleine nuit, au milieu des bois, ces précautions semblent excessives. Il y aurait cent spectateurs pour les voir que personne ne les reconnaîtrait tellement la nuit est sombre.

Au contraire d'eux, ce qui est enfermé dans le cylindre d'acier ne craint pas de se faire remarquer. Même que cela se manifeste sans équivoque et qu'une masse pesante s'y cogne et racle l'acier.

—Il est pas mal nerveux. Tu penses que ça va aller? dit le conducteur, très nerveux lui aussi. Il a hâte d'en finir, cela se sent.

L'homme mystérieux ne dit rien mais, d'un coup de tête, il donne l'ordre d'ouvrir la cage. Sans attendre, ses deux complices montent derrière et s'apprêtent à faire jouer la grille coulissante du cylindre d'acier.

• • •

Au même instant, dans le camping de Louis-Georges Chabot, des ombres furtives se faufilent d'une roulotte à l'autre. Sans se faire voir, des mains juvéniles se glissent par les fenêtres jusque dans les lits, les salles de bains, les toilettes extérieures des uns et des autres. Ces mains sournoises jettent des écrevisses dans les pantoufles des uns : des limaces, des araignées, des scarabées, des criquets dans les lits des autres ; des ouaouarons dans le bain moussant d'une dame et des grenouilles dans la limonade d'un grand-père. Et pour finir, des vers de terre dans le verre de vin blanc de Léo Laperle et une écrevisse dans le verre de lait sur la table du docteur Saoud, le père d'Olivier, l'arbitre conquistador.

En secret, les pacifistes, les tièdes et les autres sont visés. Aucun ne voit venir ce qui se prépare. C'est l'heure de coucher les plus jeunes, l'heure où les parents pensent se détendre pour de bon. Avant d'aller au lit, Olivier avale d'un trait son verre de lait, s'étouffe et recrache une écrevisse devant son père horrifié.

Ailleurs, Léo Laperle trouve une odeur d'humus étonnante à son verre de vin et sursaute en y voyant nager des vers de terre sérieusement ivres. Ailleurs, la mère de Michael découvre la douche envahie par une colonie de rainettes. Puis, une fillette dans son lit crie à fendre l'âme en découvrant des limaces et d'autres bestioles dégueulasses fourmillant sous les draps.

Très vite, le calme général du camping Sud se mue en bande sonore de film d'horreur. Partout résonnent des cris épouvantés, étouffés, paniqués. Ensuite, hommes, femmes et enfants terrifiés surgissent de partout.

Marc s'en revenait chez lui ricanant en douce. Quand son père sort en vitesse de la maison mobile chargeant son fusil de chasse, il déchante. C'est qu'avec tous ces cris de panique Louis-Georges pense qu'un animal sauvage est entré sur son terrain de camping.

— Hé! fais attention avec ça, papa!

— Qu'est-ce qui se passe, Marc? Qu'est-ce qu'il y a?

— Euh... je sais pas. Tout le monde s'est mis à crier en même temps, ment Marc, inquiet que la bonne idée de Michael prenne une tournure plus dramatique que désiré.

Surtout qu'une foule de gens en colère converge vers Louis-Georges. Léo Laperle arrive le premier pour l'informer de l'horrible infamie à l'origine de l'émoi général.

— Louis-Georges! c'est franchement dégoûtant! Quelqu'un a mis des vers de terre dans mon riesling.

— Et des écrevisses dans le lait de mon fils, se scandalise le docteur Saoud.

— Tous les lits sont infestés de limaces, puis il y a des couleuvres dans les bains, ajoute un autre vacancier.

— Mes voisins ont de grosses grenouilles dans la cuvette et des petites qui marchent au plafond, se lamente tante Huguette.

— Quoi? Bon, bien, voyons donc! D'où ça vient? D'où ça sort, tout en même temps, ânonne Louis-Georges, confondu par l'inexplicable.

— C'est toi, le propriétaire du camping, Louis-Georges? Bien, fais quelque chose! exige Léo Laperle, porte-parole improvisé de la meute en colère.

C'est ce moment qu'attendaient Groleau et Suzie Lespérance pour accourir mettre le point final à leur opération secrète. Bousculant les rangs des adultes, ils se pointent devant Louis-Georges.

— On les a vus, monsieur Chabot. On les a vus repartir en canot, s'écrie Suzie Lespérance, montrant du doigt les lumières du camping de la rive opposée.

— Ils s'en allaient de l'autre bord du lac, renchérit Groleau, au cas où le geste de Suzie n'aurait pas été assez clair.

— Ah! Les tous-nus de l'autre camping! Les écœurants. Ça sait pas vivre, ce monde-là! s'exclame Louis-Georges qui, exactement comme prévu par Michael, tombe dans le panneau de l'opération *Bibites dégueulasses*. Déjà, il se dirige vers la plage d'où se seraient enfuis les coupables. Tous les parents le suivent, semblables à des fanatiques en colère cherchant quelqu'un à lyncher.

● ● ●

Le groupe s'arrête sur la plage et scrute le lac plongé dans les ténèbres. Rien en vue ni de près ni de loin. Pas de traces sur le sable non plus.

En retrait des adultes, Groleau et Lespérance entourent Marc, à qui Michael vient de se joindre. D'un coup de coude et par des sourires mal dissimulés, les jeunes semblent se dire : «Ça marche»!

—C'est bizarre, ils n'ont pas laissé de traces, constate Louis-Georges.

Déçu d'avoir couru pour rien jusqu'à la plage après la mauvaise surprise de trouver son vin infesté, Léo Laperle nargue son vieux copain Louis-Georges en lui rappelant un vieux souvenir :

—Pareil comme ton homme des bois. Lui aussi, il est disparu sans laisser de traces, se moque Léo Laperle.

—Pourquoi tu me nargues, Léo ? C'est pas le moment. Puis, t'as beau rire de moi... il existe, l'homme des bois. C'était il y a vingt ans, mais je l'ai vu avec ces yeux-là, fait Louis-Georges qui s'énerve et brandit deux doigts devant ses yeux au risque de s'éborgner.

—Ce qui est certain, ce soir, Louis-Georges, c'est que c'est un coup de ceux de l'autre côté du lac, puis qu'on devrait pas endurer ça plus longtemps!

—Ça, Léo, c'est certain. Mais je l'ai vu quand même, l'homme des bois. Il existe, s'entête à dire Louis-Georges.

—Hé! venez voir ici! Il y a des pistes bizarres...

On accueille l'appel du docteur Saoud avec des visages circonspects. Qu'est-ce qu'un citadin comme lui peut connaître en matière de pistes? Il a pourtant raison, le docteur : dans le sable humide, les traces de grosses bottes s'éloignent vers les bois. Pire encore, ces marques de bottes se mêlent à des empreintes de bête sauvage. Quelqu'un a marché dans les pistes d'un animal, sans doute, mais le résultat est énigmatique et crée un malaise.

—C'est rare, ça. On dirait un ours, murmure Léo Laperle.

—Ah? Il y a des ours par ici? s'inquiète le docteur Saoud.

—Non. Ça fait trente ans que le dernier a été chassé... Ils ont fait ça avec une patte empaillée pour nous faire peur, prétend Louis-Georges.

Il a beau minimiser l'affaire, lui-même n'est pas du tout rassuré. Cela se voit à sa mine soucieuse quand il se penche pour examiner les traces de bottes, pendant que les parents préfèrent retourner chez eux sous prétexte de chasser la vermine.

Convaincus que les coupables viennent d'en face, ils souhaitent ouvertement une revanche. Croisant Marc, Léo Laperle réclame et menace :

—À votre prochaine bataille, les jeunes, donnez-leur la volée qu'ils méritent... ou on ira nous-mêmes.

Les adultes finissent de se disperser, dévoilant Philippe Beauregard qui s'était joint au groupe sans se faire remarquer. Louis-Georges se redresse face à lui. Les deux hommes sont surpris de se retrouver face à face. Beauregard, plus que Louis-Georges, est embarrassé qu'on le surprenne à considérer intensément les pistes sur le sable.

—Il y a quelque chose qui ne va pas, Philippe? Je suis pas habitué que tu arrives le dernier pour te plaindre. Où est-ce que tu étais?

Philippe Beauregard ne réplique rien. Comme les autres, il s'en va, la mine confuse, sinon coupable. L'instant suivant, Louis-Georges s'en retourne, lui aussi déconcerté.

Toujours à l'écart, les jeunes sont ravis des résultats de leur mauvais coup, bien que Marc soit un peu soucieux:

—Les pistes dans le sable, c'est votre idée ça?

Groleau et Lespérance font signe que non. Michael hausse les épaules.

—Non, c'est pas nous… mais tout le reste a marché comme j'avais dit. La guerre va continuer, se vante Michael.

—Il y aura pas de problème pour avoir du monde, se réjouit Suzie.

—Même les parents veulent venir maintenant, conclut un Groleau enthousiaste.

● ● ●

Chapitre 4

Les Conquistadors

Le repaire des Conquistadors est une grange abandonnée en pleine forêt, en bordure d'une boucle de la rivière Noire. Devant s'étale une clairière parsemée de machines aratoires rouillées à peine visibles sous les hautes herbes et coiffée d'une haute éolienne où grimpe du lierre touffu.

La bande de Marc est réunie dans la grange depuis les premières heures du jour, attendant l'arrivée des délégués indiens et des arbitres afin que se tienne le *meeting* de lois de guerre. Marc coordonne tout un branle-bas dans la grange. Des billes de foin et des tonneaux s'empilent pour constituer des gradins. Sur les murs de planches, il fait placarder des affiches de conquistadors célèbres. Ce sont des affiches de films ou des reproductions de toiles de maîtres. Des images rares qui ont sûrement demandé beaucoup de recherches.

— Dépêchez-vous, les presse Marc. Il faut que tout soit prêt avant qu'ils arrivent.

● ● ●

À l'arrière de la grange, une annexe sert de laboratoire à Michael pour ses recherches militaro-écologiques. Ce laboratoire ressemble à l'insectarium d'un collectionneur fou, un «bébitarium», dit Groleau. Il est plein de vieux aquariums recyclés en terrariums, de gros bocaux remplis de feuillage nourrissant une collection d'escargots, de salamandres, de chenilles de toutes grosseurs et d'insectes étranges sinon énormes foisonnant de pattes velues et d'antennes poilues. Sans oublier un nid de fourmis sous verre, une cage à couleuvres, une collection de grenouilles. Il y a aussi des choses plus obscures, comme ces chrysalides vertes fluo picotées de rangées de points d'or toutes méticuleusement identifiées par une date sur un papier adhésif puis collées en rangées à un babillard.

Michael conserve aussi pas mal de plantes à fleurs trouvées dans la forêt. Le jeune écolo-savant s'occupe justement à broyer des fleurs dans un creuset. Groleau et Suzie Lespérance flânent près de lui, s'intéressant aux chrysalides, qu'ils veulent toucher du bout des doigts.

—Touchez pas à ça! ordonne Michael aux compères, qui retirent vite leurs doigts, certains d'échapper de peu à une cuisante piqûre ou à des démangeaisons intolérables.

Exaltés par les éventuelles vertus guerrières de ces machins verts, ils quêtent des explications à Michael :

—C'est poison? Hein? Comme l'herbe à puce? Ça démange? Ça gratte?

—Ça irrite? Ça pique? C'est quoi? Des guêpes séchées pas d'ailes, on dirait.

—Vous verrez plus tard, se défend Michael, exaspéré par tant d'insistance, et de but en blanc il aborde un autre sujet : Hé! hier, j'ai fait un cauchemar effrayant.

—Moi aussi! s'exclame Suzie, vivement intéressée.

—Tout plein d'insectes dégueulasses me montaient dessus, poursuit
Michael dans un seul souffle. Je pouvais
rien faire. J'étais comme paralysé. Je
courais, j'écrasais plein de choses
gluantes, je glissais dedans, puis j'avan-
çais pas. Comme sur un tapis roulant.
Tu sais? T'avances pas, pendant que ça
te grimpe dessus en grappe serrée, puis
tu peux même pas te gratter.

La main de Suzie s'abat lourdement
sur une mouche qui lui passait sous le
nez. Cet insecte-là a payé pour les
autres. Son geste inattendu ayant fait
silence, Suzie parle à son tour.

—Moi, c'est encore pire. J'ai rêvé
que quelqu'un d'autre que moi avait
lui aussi plein de sangsues à vendre
aux pêcheurs puis que j'étais obligée
de baisser mes prix.

—Ouache! Ça, c'est vraiment dégueulasse, s'exclame Groleau, sincère-
ment consterné.

Après quoi, il exprime l'une de ses
rares réflexions désintéressées :

—Avez-vous une idée d'où ça vient
des rêves fous comme ceux-là?

Suzie et Michael font la moue. Non,
vraiment, ils ne voient pas.

Michael termine de confectionner
sa potion à base de jus de fleurs. Il la

transvide dans une fiole à bouchon de verre qu'il range avec d'autres, puis se dépêche d'aller avertir les filles qui aident Marc à la décoration de la grange.

—Hé! c'est prêt, les filles! Venez sentir mes nouveaux parfums.

Les filles abandonnent Marc sur-le-champ. Très dragueur, Michael multiplie les sourires enjôleurs en leur expliquant :

—J'en ai de toutes les senteurs : bleuet, fraise, fleurs des champs, orchidée boréale... Il est particulièrement réussi, celui-là.

Les fioles passent d'un nez à l'autre, suscitant des sourires radieux, des exclamations ravies. Groleau, lui, fait une moue de macho snobinard en reluquant les filles agglutinées autour de Michael. S'exciter pour du parfum lui paraît d'une futilité criante.

—Franchement! Faut-tu être niaiseux, confie-t-il à Suzie la terreur.

—Ouais, ça, c'est certain, répond mollement Suzie car elle s'intéresse elle aussi aux parfums de Michael.

Discrètement, elle repère une fiole oubliée sur l'établi de l'écolo-savant, la débouche et la hume.

—Pouah! C'est quoi, celui-là? Ça pue!

—Non, non, Suzie! touche pas à cette rangée-là. C'est un test de bombes puantes, s'écrie Michael, une fois de plus médusé par la bêtise de ces deux-là.

Le nez pincé, Suzie passe la fiole à Groleau, soudainement empressé de sentir cette création de Michael. Il hume sans hésiter et rend aussitôt un verdict mitigé que partage Suzie :

—Hummm... Non! C'est pas assez fort.

—Mais le côté œufs pourris, Michael l'a réussi.

—Pour une fois qu'il réussit quelque chose.

• • •

Le puits sous l'éolienne est à sec depuis longtemps et c'est pour rien que le vent fait encore tourner ses pales grinçantes. Les Conquistadors sont fiers de cette tour de guet qui leur permet de surveiller toute la forêt d'un seul coup d'œil. Sarah se cache au sommet du lierre touffu qui a entièrement envahi la structure de l'éolienne. Il ne lui est pas difficile de voir venir Julien, accompagné de ses deux lieutenants et des arbitres.

—Yeah! Julien. T'es pas un peureux, toi! murmure pour elle-même Sarah avant de se rappeler sa mission, et, saisissant une trompe de plastique, elle souffle une longue note pour avertir sa bande de l'arrivée des Indiens.

● ● ●

L'écho jurassique de la trompe résonne dans la forêt, informant Julien que sa venue est annoncée. À son tour, il repère Sarah, qui descend de l'éolienne puis disparaît dans la grange à la suite d'autres Conquistadors. Julien réprime un sourire lorsque le rejoignent Mario Papineau et Marie-Ange Toussaint.

—Ça m'a l'air d'un piège, avertit Marie-Ange.

—Ce serait leur genre, fait Mario, inquiet du remue-ménage qu'il entend du côté de la grange.

—Ben non. Ils veulent nous impressionner, comme d'habitude. Puis, on a les arbitres avec nous, conclut Julien, sûr de lui.

Mario Papineau et Marie-Ange Toussaint ne partagent pas son

assurance. Ils tournent des visages inquiets vers les arbitres, qui, eux, affichent un large sourire niais. Quelle tâche ingrate c'est, d'agir à titre d'arbitre dans une guerre! En plus, ce sont toujours les plus gentils qui acceptent de jouer ce rôle pour éviter de recevoir des coups. Ce qui les destine fort mal à faire figure d'autorité.

Les cinq jeunes continuent donc leur marche vers le repaire des Conquistadors. Ils s'arrêtent devant une grande porte à double battant et sans fenêtre. Plus un bruit, plus un mouvement n'anime les environs. Ils hésitent. À la fin, Julien lève le poing pour frapper à la porte... À cet instant, les deux battants s'ouvrent de l'intérieur en grinçant lugubrement.

● ● ●

Dans la pénombre de la grange vacille, sous les portraits de sinistres personnages, la lueur barbare de plusieurs flambeaux et d'innombrables chandelles. Dramatiquement éclairés, ce sont les portraits des conquistadors Hernán Cortès, Francisco Pizarro, Pedro de Alvaredo, Lope de Aguirre, Balboa, Pinzón, Cabeza de Vaca,

Narvaez, Ponce de Léon... et Don Quichotte de la Mancha, égaré par ignorance entre les premiers.

Impérieux dans son costume de Conquistador, Marc occupe une chaise recouverte d'une draperie poussiéreuse pour lui octroyer une apparence de trône. De part et d'autre, Groleau et Lespérance tiennent haut de grands flambeaux. En retrait sur la droite, Michael se tient comme Merlin l'Enchanteur auprès du roi Arthur. Tout autour, costumé aussi en conquistador, chaque jeune adopte une posture altière. Julien ne se laisse pas impressionner. Il entre avec sa suite. Rieur, il pointe du doigt Groleau et Lespérance.

— Marc, à force de laisser ces deux-là jouer avec le feu, t'as pas peur qu'il parte en fumée, ton repaire?

— Toi, Julien, ça te met pas le feu de voir que notre repaire à nous, il existe?

— À qui la faute si t'arrives jamais à te rendre jusqu'au nôtre? Puis, c'est quoi, toutes ces affiches-là? Des portraits de famille?

— C'est pour vous rappeler ce qui va vous arriver, explique Michael, prenant la relève de Marc qui n'a jamais pu retenir les noms et faits d'armes d'autant de personnages historiques.

Marc se contente donc de pointer une après l'autre les affiches pendant que Michael en fait l'annonce à haute voix :

— Ponce de Léon, conquérant d'Hispaniola. Tous les Indiens du coin éliminés. Cortez, conquérant du Mexique. Après lui, les Aztèques, fini. Pizarro a fait leur affaire aux Incas. C'est par millions qu'ils ont éliminé les Indiens. On aime ça s'en souvenir, puis on veut pas que vous l'oubliiez.

Chaque massacre ou génocide est ponctué des acclamations de la bande de Marc. À la fin, pas du tout impressionné par ce théâtre, Julien montre du doigt Don Quichotte, un sourire en coin.

—Et celui-là, il a fait quoi?

Embêté, Marc interroge Michael du regard. Celui-ci hausse les épaules, avouant son ignorance:

—Euh… on s'en souvient plus, mais c'était pas mal non plus.

—Ça doit. En plus, j'trouve qu'il te ressemble.

Groleau et Suzie Lespérance se tournent vers l'affiche de Don Quichotte, essayant de saisir une allusion trop subtile pour eux.

—Bien, on devrait commencer maintenant. Y a un tournoi de pêche au lac et on voudrait bien y aller, suggèrent timidement les arbitres, conscients que les prémisses à la rencontre pourraient s'éterniser.

—D'accord, dit Marc. C'est simple: il faut ajouter dans les règlements que les mottes de boue avec des sangsues dedans, c'est interdit.

—Quelles sangsues? s'exclament les Indiens.

—Faites pas les innocents! répliquent en chœur les Conquistadors.

Julien se penche vers ses conseillers. Ils ont un bref conciliabule, après quoi Julien déclare:

—C'est accepté : Les mottes de boue sont interdites. Les sangsues aussi, même si c'est pas nous.

Les arbitres s'empressent d'ajouter aux livres de lois cette nouvelle règle. Leurs cahiers écornés et défraîchis au cours des combats sont couverts d'une écriture serrée, d'ajouts, de paragraphes raturés, d'amendements découpés sur une page et collés sur une autre. Même un avocat ne s'y retrouverait pas. Émilie, l'arbitre indien, s'interrompt pour interroger son collègue :

—Ils ont tué tant de monde que ça, les conquistadors ?

—Paraît que oui.

—C'étaient des vrais fous !

—C'est l'or qui les rendait malades. Remarque que ça n'a pas tellement changé depuis. Ce qu'on voit à la télé, c'est pas souvent mieux.

Une fois cette nouvelle loi ajoutée sur le tas des autres, Marc risque une autre proposition, qu'il pense susceptible de lui procurer un avantage sur les Indiens :

—Julien, l'été achève. Si on continue de retarder la guerre, il y aura plus assez de monde pour la faire.

— Ouais. La guerre, quand y a personne à battre, c'est plate, observe philosophiquement Groleau.

— Je propose qu'il n'y ait plus de trêve à partir de maintenant, lâche Marc, étonnant tout le monde.

— Même pas pour faire des nouvelles lois de guerre?

— Oui. On n'arrête plus.

— La guerre, ce serait tout le temps, jour et nuit?

— Ben non, niaiseux! Juste comme d'habitude, entre huit heures du matin puis six heures du soir. Ça, on peut pas le changer. Si nos parents nous voient pas rentrer pour le souper, ça ira pas du tout.

Julien tient un second caucus à voix basse avec ses conseillers.

— Qu'est-ce que vous en pensez? C'est une tactique? De toute manière, notre forteresse est prête. Il changera rien, leur plan. Ils vont se casser le nez dessus, non?

Mario et Marie-Ange opinent à cet avis. Julien se tourne vers l'état-major conquistador :

— C'est accepté, ça aussi, mais essayez pas de tricher.

—Bon! Là, on va pouvoir se battre pour vrai, s'exclame Suzie Lespérance, avide de donner des coups.

—Minute! Suzie Lespérance. Ça annule pas les lois déjà votées, précisent sans attendre les arbitres.

—La guerre reprend demain. C'est votre tour d'attaquer. On vous attend, proclame Marc, du haut de son trône.

—On passe notre tour, réplique Julien. On vous donne une dernière chance de trouver notre forteresse. Venez essayer de la prendre.

C'est au tour de Marc de tenir à voix basse un conciliabule avec son état-major :

—Qu'est-ce que vous en pensez? C'est un piège?

—On sait même pas à quoi elle ressemble, leur forteresse, objecte Groleau.

—Je dis qu'on y va quand même, affirme Suzie.

—Moi, j'ai pensé à une superinvention qui va nous faire gagner sans même avoir à se battre, chuchote Michael, jamais à court d'idées nouvelles.

—Voyons donc, Michael! Gagner sans se battre! À quoi ça sert, la guerre, si on se bat pas? s'exclament en chœur

Suzie et Groleau pour refroidir ses ardeurs.

—C'est pas vrai, Suzie! Hier, mon idée a très bien march...

Michael s'interrompt. Il allait ouvrir la bouche sur un secret qu'on ne lui pardonnerait pas de révéler. La moitié des Conquistadors présents dans la grange en ont été victimes. Michael calmé, Marc revient à Julien :

—On accepte. La guerre reprend demain. Parce que, aujourd'hui, de toute façon, mon père veut pas de bruit autour du lac pour le tournoi de pêche.

Au cours du conciliabule entre Marc et son état-major, Julien et Sarah n'ont pu s'empêcher d'échanger des regards complices et un sourire en coin qui n'ont pas échappé à Mario. La puce à l'oreille, il toise Julien, comme devinant quelque chose.

• • •

Le tournoi de pêche annuel répand ses adeptes dans chaque recoin du lac. Il y en a sur les berges, il y en a en chaloupe, tantôt ancrés ou tournant en rond pour trôler. Partout, les pêcheurs ratissent patiemment les

eaux du lac Noir. Il y a aussi une chaloupe à moteur électrique qui se livre
à une activité bien plus lucrative. Ce
sont Groleau et Suzie Lespérance qui
vont d'un pêcheur à l'autre offrir leur
marchandise. Ils arrivent à Philippe
Beauregard, qui a posé son chevalet
dans sa chaloupe et ne surveille que
distraitement sa canne à pêche.

—Salut, m'sieur Beauregard. On a
de la limonade puis des sandwichs à
vendre. En attendant que ça morde.
Des supersandwichs au concombre et
radis avec de la mayonnaise à l'ail, ou
aux cretons et *baloney* au *ketchup*,
puis le classique beurre de pinottes et
bananes. On les a faits nous-mêmes.

«Avec un pareil menu, inutile de le
spécifier», pense Philippe Beauregard,
mais avant qu'il dise : «Non merci!»
Suzie et Groleau sortent leurs gros
canons :

—Puis, si vous voulez que ça
morde, on a des beaux vers de fumier
frais de ce matin. Regardez comme ça
gigote. Il y a pas de poisson qui résiste
à ça. C'est quatre dollars la douzaine
de treize.

—Oui mais, mon p'tit gars, je suis
pas pêcheur. J'ai jamais attrapé de
gros poisson, oppose Beauregard, qui

aimerait bien qu'on le laisse peindre tranquillement.

Les compères ne sont pas à court d'arguments et jamais ils ne laissent aller un client sans en venir à bout :

—Dans ce cas, j'ai ce que ça vous prend : des sangsues fraîches pis dodues. On pensait les garder pour nous, mais je vous fais un spécial. Rien qu'à vous. Six dollars pour douz...

Suzie voit grandir l'intérêt du client. Elle interrompt Groleau d'un coup de coude :

—Six dollars pour six. Prenez-en. Avec ça, vous le gagnez, le tournoi.

Alléché ou épuisé par le boniment des jeunes, Philippe Beauregard finit par acheter des sangsues, des vers de fumier, une limonade et un sandwich au beurre d'arachide et aux bananes. Sûr d'avoir acquis un avantage sur les autres pêcheurs, il délaisse ses pinceaux pour sa canne à pêche pendant que Groleau et Lespérance s'éloignent en se retenant de rire. Le tournoi de pêche est une affaire en or. Tous les pêcheurs mordent aux appâts des deux compères, qui n'en reviennent pas de compter autant de profits. Mais une voix étouffée jette un pavé dans leur petit bonheur :

—C'est-tu bientôt fini, les affaires?
Je crève de chaleur là-dessous, moi!

Groleau soulève la bâche à l'avant
de la chaloupe. Marc est là, recroque-
villé comme une sardine arthritique au
fond de la chaloupe.

—Bien quoi, on te le fait traverser
en cachette, le lac. Puis, regarde ça:
on a fait cinquante dollars dans la première heure, se vante Suzie.

—Ouais. Laisse-nous le temps de
noyer le poisson! ajoute Groleau, irrité
par l'attitude de Marc.

—Le plan, c'est d'arriver au territoire ennemi sans se faire voir, pas de
sécher des heures dans le fond d'une
chaloupe, explique Marc, les dents
serrées et se doutant que la prospérité
du moment fait oublier à ses complices l'objectif principal de leur expédition sur le lac. Bon, est-ce qu'on est
près du territoire des Indiens, au
moins? Les voyez-vous?

Comme répondant à la question de
Marc, une patrouille d'Indiens passe,
suivant un sentier le long des berges
du lac. Ils sont sept et marchent en
file. Ils portent des outils, des planches,
des filets de camouflage. Soulevant un
coin de la bâche, Marc les surveille
jusqu'à ce qu'ils bifurquent sur un

sentier s'engageant dans la forêt. Groleau fonce vers le rivage. Engourdi comme une truite au sortir du congélateur, Marc saute sur la berge, suivi de Suzie Lespérance.

—Reste dans le coin, Groleau, des fois qu'on aurait à repartir en vitesse.

Cet ordre donné, Marc et Suzie trottinent sur les traces de la patrouille indienne. Espions et espionnés traversent les contreforts de la montagne Noire, où la forêt très ancienne aligne d'énormes troncs tout tordus. Ils côtoient un ravin et un ruisseau cascadant de roche en roche. Il faut encore franchir une large clairière parsemée de fougères et de mousses humides.

Le chemin que suit la patrouille d'Indiens est sinueux à souhait. Marc et Suzie sont obligés de se tenir à bonne distance pour ne pas être découverts au hasard d'un détour. Jamais, d'ailleurs, aucun Conquistador n'est allé si loin à l'intérieur des bois.

—C'est donc bien loin! chuchote Suzie, impatiente comme d'habitude.

—On n'est pas supposés aller du côté de la montagne. Les Indiens sont encore en train de tricher, se plaint Marc.

—Des plans pour tomber sur l'homme des bois.

—Aie pas peur, il existe pas.

—C'est pas moi qui le dis, c'est ton père.

Marc hausse les épaules. Loin devant, la patrouille gravit un escarpement en grimpant sur des blocs qui forment un escalier naturel. Marc et Suzie laissent les Indiens prendre de l'avance, puis ils courent escalader à leur tour la falaise. Une fois au sommet, ils se dépêchent de rattraper la patrouille avant de la perdre de vue.

Trop tard, semble-t-il. Il n'y a plus trace des Indiens. Devant, la forêt s'éclaircit en un terrain plat avec au fond un étang parsemé de nénuphars, mais plus de patrouille. Elle s'est évanouie, laissant la forêt vide et mystérieuse.

—Merde! on les a perdus!

—Non. Par là!

Suzie indique deux silhouettes se découpant dans le contre-jour d'une zone plus sombre de la forêt. Ce sont les deux derniers Indiens, ceux qui fermaient la marche. Ils sont face à face, poitrine contre poitrine, immobiles comme des danseurs attendant que l'orchestre entame un boléro romantique.

Tout d'abord, Suzie et Marc n'y comprennent rien, mais quand, d'un coup, les deux Indiens s'élèvent dans les airs, tout s'éclaire : ils sont debout sur une sorte d'ascenseur-balançoire mû par des contrepoids dissimulés dans les arbres. Suzie et Marc les voient disparaître dans une couronne touffue de sapinage réunissant les troncs de gros arbres ébranchés du sol jusqu'à environ trois mètres de hauteur. Phénomène assez peu naturel, à bien y penser, mais un camouflage des plus réussis. Un peu plus, Marc et Suzie passaient à côté de la forteresse des Indiens sans la voir.

À travers la couronne de sapinage, ils devinent des têtes, des jeunes se mouvant. Pas de doute, tous les Indiens sont là, dans leur forteresse suspendue dominant le plateau et l'étang aux nénuphars. Suzie et Marc sont médusés. La surprise est grande. Plus encore, l'originalité, la taille de l'ouvrage forcent leur admiration. Imprudents, ils se lèvent pour mieux apprécier.

—Marc, tu vois ça ? Une maison dans les arbres... un château... une forteresse suspendue... C'est pas Michael qui aurait pensé à ça !

Six Indiens, dont Mario Papineau, se dirigent vers la forteresse, transportant un long billot sur leurs épaules. Il aperçoivent soudain Suzie et Marc et donnent l'alerte. De la forteresse aussi, on a repéré les deux espions. Des trompes, des cors et des sifflets propagent l'alarme générale sur tout le territoire indien. Marc et Suzie tournent les talons et s'enfuient tandis qu'un pan de la forteresse s'abaisse. Julien en sort, glissant le long d'un câble.

—Mario, qui c'était? demande Julien dans un souffle.

—J'ai reconnu Marc Chabot et Suzie Lespérance.

—On va les rattraper.

—Ouais, on les fait prisonniers.

Tous partent à la course derrière Marc et Suzie, qui refont à l'envers le chemin vers le lac. Cette fois, ils coupent au plus court dans les sous-bois. Arrivés à une clairière, ils plongent sous les fougères en voyant devant eux des vigies indiennes qui accourent du lac, répondant à l'alarme générale. À plat ventre dans la mousse, Suzie et Marc retiennent leur souffle alors que les Indiens passent tout près, leurs mocassins frôlant le nez de Suzie. Ils seront bientôt tous passés, mais voici Julien qui dévale la pente.

—Des espions! Vous les avez pas vus? Fouillez autour, ils ont dû se cacher.

Sans attendre qu'on les trouve, Suzie et Marc bondissent de leur cachette, lâchant un cri terrible qui fige sur place leurs poursuivants. Cet étonnement ne dure pas mais, lorsque Julien et les Indiens se relancent à leur poursuite, Suzie et Marc ont pris une bonne avance.

• • •

La pinède est traversée en coup de vent, le ravin et sa cascade franchis en quelques bonds... Ils approchent du lac. Julien détache des groupes dans une manœuvre d'encerclement. Peu de temps après, Julien retrouve Mario, qui arrive face à lui tandis que Marie-Ange sort d'un sentier perpendiculaire. La souricière s'est refermée sur du vide.

—Où ils sont passés? s'étonne Mario Papineau.

—On ne les a pas vus, avoue Marie-Ange, essoufflée après une telle course.

«C'était impossible de les manquer, pense Julien. À moins qu'ils aient

décidé de traverser le lac à la nage?»
La solution à l'énigme est plus simple
car voilà qu'une chaloupe passe silen-
cieusement au large. C'est Groleau qui
se promène, apparemment seul, poussé
par son hors-bord électrique. Il semble
exagérément détendu, assis au fond de
son canot gonflable, les pieds dépassant au-dessus de l'eau.

Lorsque la chaloupe effectue un
virage vers le large, Julien sourit. La
chaloupe vue de l'arrière et Groleau vu
de profil, la distance entre son corps
et ses pieds pose un sérieux défi à
l'anatomie. De toute évidence, quelqu'un est caché sous la bâche et laisse
dépasser ses pieds hors du canot. Par
son attitude décontractée, Groleau
tente de faire passer ces jambes-là
pour les siennes. Remarquant l'insistance des Indiens à le surveiller,
Groleau met la main sur la bâche
comme pour se gratter la cuisse. Avec
un retard marqué, ses pieds réagissent, se tendant puis se relâchant,
apparemment soulagés.

—C'est tricher, ça, se plaint Mario
Papineau. C'est interdit d'espionner
quand c'est congé de guerre. On va le
dire aux arbitres.

— Ça servira à rien, réplique Julien. On n'a pas de preuve. Mais c'est pas grave. Maintenant, c'est certain qu'ils vont venir nous attaquer. Venez, il faut finir de se préparer.

Plan du lac Noir montrant les campings et les repaires des bandes rivales.

Le territoire de guerre est à l'intérieur du cercle.

La zone à l'extérieur du territoire de guerre est interdite et réputée dangereuse. Il y vivrait des bêtes sauvages et un homme des bois qui parfois vient faire des mauvais coups sur les campings. Personne n'a jamais clairement vu l'homme des bois.

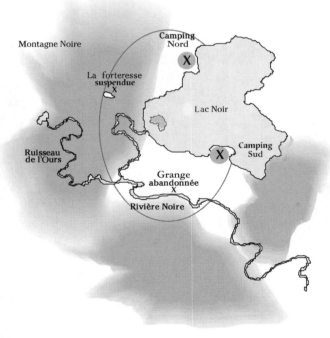

Chapitre 5

La charge endiablée

Le soir tombe sur une journée de trêve bien remplie. Sur la plage du camping Sud, Philippe Beauregard exhibe fièrement à bout de bras l'énorme truite de lac qu'il a pêchée. Les yeux ronds et la bouche béante, les vacanciers admiratifs gobent le récit du combat que le poisson a livré au peintre. Quant à Louis-Georges Chabot et Léo Laperle, dépités, ils observent la scène de loin.

—Personne va battre ça, Louis-Georges.

—C'est un coup de chance.

—J'imagine la gueule que tu vas faire en lui remettant le trophée de pêcheur de l'année.

—Hé, Léo, que je te voie pas rire de moi.

—Bien voyons! J'oserais jamais. Je compatis avec toi, Louis-Georges.

• • •

Sur la plage du camping d'en face, Julien retourne à sa pêche nocturne. Heureux, il jette sa canne au fond du canot et s'éloigne à grands coups d'aviron. Son départ laisse un observateur perplexe : Mario Papineau, qui se tient en retrait, n'osant plus demander à Julien de l'accompagner.

—T'es plate, Julien. Tu tiens plus tes promesses. C'était le tournoi de pêche, on aurait pu y aller ensemble, murmure pour lui-même Mario quand le surprend une voix dans son dos.

—Si t'as envie d'aller à la pêche... tu pourrais m'amener, moi. Tu m'apprendrais...

Mario se retourne d'un coup et aperçoit Marie-Ange, qu'il n'a pas sentie venir. Il est embarrassé qu'elle ait entendu sa réflexion. Faisant mine de rien, il s'en va, répliquant :

—Ouais, mais avec une fille... c'est pas pareil...

—Ah bon… C'est quoi, la diffé-
rence? s'étonne Marie-Ange, qui sait
bien que les garçons rêvent tous de
voguer au loin en emportant avec eux
une jolie fille.

• • •

La nuit s'annonce douce. Il n'y a
pas une ride sur l'eau du lac Noir,
transformé en miroir. Comme tous les
soirs, un canot et un kayak sont amar-
rés à l'ombre des rochers à la décharge
du lac. Julien et Sarah, les amoureux
juvéniles, sont sur le promontoire
surplombant l'onde, épaule contre
épaule. Ils sont bien sérieux, ce soir.

—Julien, t'as parlé à tes parents?

—C'est pas facile. Ils sont tellement heureux à l'idée de louer un
chalet l'été prochain. Ils m'écoute-
raient pas.

Il se tait, le regard perdu. Songeuse,
Sarah se pince les lèvres. Un temps, ils
restent sans prononcer un mot, Sarah
posant sa main sur celle de Julien.

—Julien, pourquoi on se fait la
guerre?

—Parce qu'on n'est pas du même
côté du lac.

—Ça suffit pas comme raison.

— Dans une vraie guerre, il y a souvent pas d'autre raison.

— Ça, puis haïr des gens que tu connais même pas. Mon père est comme ça : il a pas de raison, mais il ne vous aime pas.

— Il nous voit différents de lui. On a moins d'argent, nos roulottes sont moins belles... Pour lui, on est juste pas du bon côté du lac.

— Pourquoi on peut pas choisir son côté ?

— Sarah, tu ferais la guerre à ton frère, à tes voisins, à tes amis ? Tu passerais pour une traître.

— On devrait pouvoir choisir de pas jouer à la guerre. De jouer à la paix pour faire changement.

— Tout le monde dirait que c'est un jeu ennuyant. Qu'il y a pas d'action. Pas de *thrill*. Pas d'aventure. La guerre a quand même des avantages : la cabane qu'on a construite dans les arbres, sans la guerre, il y aurait eu personne pour la bâtir.

— C'est pas juste, plus on est jeune, moins on a de choix.

— C'est vrai. Tu choisis pas tes parents. Tu choisis pas le pays où tu vis. Tu choisis pas ton école.

—Je peux même pas choisir d'être du côté du gars que j'aime...

Julien encaisse l'aveu avec plus de gêne que d'étonnement. Les sentiments, comme les pensées, ça pèse tout son poids une fois qu'on les expose. Intimidé, il se lève et s'excuse :

—Euh... Bouge pas. Je reviens tout de suite. Faut que j'aille au petit coin.

Il descend en bas du rocher derrière un buisson épais à l'abri des regards. Espiègle, Sarah s'allonge sur la mousse au sommet du rocher, s'offrant une vue en plongée sur le dos de Julien. Tout à coup, elle remarque le reflet du garçon à la surface du lac. Cela lui donne l'idée de taquiner Julien. Elle sort de sous la pierre plate où elle la cache la lunette de vision nocturne de son père et la pointe vers les reflets sur le lac.

—Julien, est-ce que c'est toujours de la même grosseur, les zizis de gars ?

Julien finissait d'ouvrir sa braguette et le voici plus embêté qu'enclin à se soulager.

—Quoi ? Euh... Ben, ça dépend.

—De quoi ?

—Ça dépend du gars... puis, du moment.

—Toi, à quoi tu penses quand tu bandes?

—Sarah! Franchement! T'as des questions qui ont pas d'allure.

Ce disant, Julien remarque à son tour le reflet de Sarah sur l'eau. Il lève la tête pour l'apercevoir qui le nargue en agitant ostensiblement la lunette. Julien se retourne et se colle au buisson. Sur le rocher, Sarah roule sur le dos en riant de bon cœur, les yeux dans les étoiles. Elle aime bien taquiner Julien, qui chaque fois prend un air de vierge offensée des plus amusants qui soient.

—Julien, dit-elle, on devrait se sauver puis aller vivre sur une île déserte.

—Ce serait super. Une île au milieu de l'océan... ou encore, dans un désert!

—Ouais, dans le désert. *Supercool!*

Pendant que Julien remonte sur le promontoire, une silhouette dissimulée dans l'ombre profite du bruit qu'il fait pour s'esquiver. C'est celle de Mario Papineau, qui épiait les amoureux et qui, maintenant, remonte dans un canot pour retourner au camping.

● ● ●

À l'aube, tout est calme sur le front nord. Le soleil naissant sonde la brume matinale de ses rayons lumineux auréolant la couronne de sapinage autour de la forteresse suspendue. Rien n'y bouge, aucun bruit ne s'en échappe.

Dans la forêt, par contre, résonnent cent bruits de pas feutrés, chuchotements, cliquetis d'armures de tôle, frottements dans les buissons. C'est l'armée des Conquistadors au grand complet qui avance sur la pointe des pieds. À l'avant, Marc, Michael, Groleau, Suzie et Sarah se blottissent derrière un arbre mort envahi de mousse humide et de champignons colorés. L'armée entière s'immobilise en même temps qu'eux, observant l'imposante et silencieuse forteresse ennemie. Marc a longuement expliqué à tous sa stratégie : approche discrète et charge à l'emporte-pièces comme au cinéma. Ce qui plaît à tous, excepté Michael :

—On devrait faire comme j'ai dit. Avec mon idée, on est sûrs de gagner à cent pour cent.

—Elle est trop compliquée, ton idée, grogne Groleau avec lassitude.

—Pas tant que ça. Puis, ça a marché l'autre jour quand on a mis des bestio...

—Shuuuttt... grrrr... fait tout l'état-major, lui intimant le silence en grinçant des dents.

Michael se tait, malheureux que ses idées, pourtant brillantes, aient tant de mal à trouver des adeptes. Il fait donc comme les autres et épie la forteresse à la recherche du plus petit indice de vie. Il est étonnant de n'y percevoir aucun mouvement. Les Indiens manquent-ils au rendez-vous ?

—Ils sont là. Je gage même qu'ils ont dormi là, déclare Sarah avec dans la voix un frisson admiratif qui déplaît à son frère.

Quand Marc s'apprête à ordonner la charge, les arbitres bondissent d'un buisson tout proche :

—Stop! C'est pas encore l'heure. C'est interdit de commencer la guerre avant le temps.

Surpris par la rapide intervention des arbitres, l'état-major conquistador fait la gueule : pas encore ces empêcheurs de mener la guerre rondement!

—Il y a bien trop de règlements dans cette guerre-là! se lamente Groleau.

—De toute manière, affirme Marc, il y a plus de *meeting* de lois de guerre. On fait ce qu'on veut.

—T'as pas le droit, Marc Chabot! Ce qu'on a voté hier annule pas les lois votées avant.

—Vos gueules, les arbitres, ou bien on vous attache à un arbre la tête en bas, puis vous restez là jusqu'à ce que l'homme des bois vous trouve. Compris?

Les arbitres se taisent, pétrifiés par l'agressivité de l'état-major conquistador. L'incident clos, Marc donne ses dernières recommandations:

—Souvenez-vous de ce que j'ai dit. Il faut courir jusqu'en dessous de la forteresse. Quand on sera là, ils pourront plus nous bombarder.

Subitement, Marc se dresse et hurle le signal de l'attaque. Sarah réplique avec sa trompe de plastique. Toute la troupe s'élance vers la forteresse en courant aussi vite que le terrain jonché de branches mortes le permet.

Surgissant de toutes les directions, portant des échelles improvisées, hurlant à tue-tête des cris de guerre, ils sont cinquante et font plus de bruit que s'ils étaient mille. Malgré leurs costumes encombrants et les échelles sur leur dos, ils avancent très vite, convaincus de prendre l'ennemi par surprise.

Alors qu'ils arrivent au pied de la forteresse, il se produit quelque chose d'inattendu : ses pans de sapinage s'abaissent horizontalement grâce à un jeu sophistiqué de cordes et de poulies ainsi qu'un système inventif de contrepoids.

Michael s'arrête à mi-course, ébloui par l'ingéniosité et la beauté du mécanisme, dont il est le seul à comprendre instantanément la fonction.

—Extraordinaire. Cela s'ouvre comme les pétales d'une fleur, comme les nénuphars dans le soleil du matin. Maintenant, nos échelles ne serviront plus à rien.

Il a vu juste. Le sapinage s'allongeant à l'horizontale tient les échelles éloignées de la forteresse. Proches mais inaccessibles, les Indiens restent abrités derrière un mur de branches et de rondins entrelacés, un treillis serré qui arrête les projectiles adverses mais permet de voir à travers ce que fait l'ennemi. Pour les Conquistadors, le sommet des échelles est un cul-de-sac. Ils ne peuvent pas atteindre la plateforme et sont exposés au bombardement des Indiens.

Suivant les ordres de Marc, la plupart des Conquistadors se retrouvent sous la forteresse, s'y croyant à l'abri, mais, levant les yeux, ils remarquent une grosse hélice de ventilateur dont la fonction indéterminée est, pour eux, source d'inquiétude.

Au même instant, dans la forteresse, Marie-Ange agite un mélange d'eau, de boue, de feuilles en décomposition dans un gros baril d'où part un tuyau passant en travers du plancher. Un Indien sur une bicyclette stationnaire pédale à fond de train, actionnant l'engrenage qui fait tourner l'hélice sous le plancher de la forteresse. Puis, un Indien corpulent pour son âge monte sur le baril, qu'on recouvre d'un couvercle faisant office de piston. Son poids augmente la pression dans le baril et Marie-Ange ouvre le robinet. Le liquide sirupeux tombe sur l'hélice de ventilateur, qui le propulse sur les Conquistadors cachés sous la forteresse, les aspergeant copieusement. C'est la débandade. Tous s'enfuient, couverts d'éclaboussures noirâtres et nauséabondes.

Ce n'est pourtant que le moindre des problèmes de Marc. La veille, il n'a pas remarqué une suite d'avant-postes bâtis dans les arbres proches de la forteresse. Construits plus en hauteur, ils permettent aux Indiens de maintenir les Conquistadors sous un tir croisé. Pire, chaque rocher, chaque arbre offrant un abri contre ce qui est projeté de la forteresse est soumis aux projectiles lancés de ces avant-postes. Ce bombardement soutenu et les espars de sapinage découragent vite l'armée conquistador.

Et il y a pire encore : de nombreux Indiens s'envolent entre la forteresse et les avant-postes. Sur des câbles d'acier, ils filent entre les arbres assis sur des sièges de balançoire accrochés à des poulies. Fonctionnant tantôt sur le principe d'une corde à linge, tantôt à la manière de téléphériques, le système permet aux défenseurs des déplacements rapides et la circulation des munitions entre la forteresse et les avant-postes.

En vérité, la simple vue d'Indiens circulant à vol d'oiseau au-dessus de leurs têtes démoralise les Conquistadors. Le petit Laurent s'en plaint amèrement à son grand frère Michael, caché avec Marc derrière une souche.

—Pourquoi on peut pas voler comme ça, nous? C'est pas juste. Je retourne à la maison, moi.

Frustré, le petit Laurent s'en va en boudant malgré les projectiles qui pleuvent. Tout aussi frustré que lui et honteux de s'être fait invectiver par son petit frère, Michael se fâche et trouve des paroles pour lui faire peur :

—C'est ça! Repasse par la forêt tout seul. Tu vas te perdre, puis les bêtes sauvages vont te manger, espèce de concombre!

Le petit Conquistador s'arrête, hésite une seconde, lance un cri de rage et revient sur ses pas, préférant affronter le bombardement en groupe que la forêt en solitaire.

—Elle est pas juste, ta guerre. On perd tout le temps.

Pour les autres aussi, les sachets de farine qui éclatent comme des bombes et les ballons emplis d'eau visqueuse mêlée à du sel et de la farine sont un moindre mal. L'envie de voler comme les Indiens force la jalousie et leur enlève toute énergie. Obligés de se regrouper sous leurs boucliers réunis, ils ont l'impression humiliante que tout le plaisir est pour les autres.

En somme, c'est une bataille débridée. Ni les combattants ni les arbitres ne savent où donner de la tête. Marc est convaincu que les Indiens trichent encore et se lamente à son arbitre de tout et de rien :

—Hé! il a une fronde, lui, là. C'est interdit de lancer des roches.

—C'est pas une roche, c'est un œuf que je mets dedans.

L'œuf est décoché et atteint Marc à l'instant où les arbitres finissaient de consulter leurs livres de lois de guerre afin de trancher la question.

—Stop! les œufs non plus sont pas permis! hurlent enfin les arbitres.

—Trop tard! Pourquoi vous les apprenez pas par cœur, les lois de guerre? se lamente Marc.

—C'est pas de notre faute. Il y en a des nouvelles tous les jours. On peut pas se souvenir de toutes. Il y en a trop.

—Puis, c'est quoi la raison pour interdire les œufs?

—Pour pas tuer des fœtus d'oiseaux!

—Voyons donc! c'est des œufs pour faire des omelettes!

—Ah! arrangez-vous donc avec vos problèmes, répliquent les arbitres. On en a assez, nous. On démissionne. De toute façon, personne nous écoute.

Frustrés par l'ingratitude perpétuelle à l'égard de leurs fonctions, les arbitres jettent par terre les lois de guerre et se joignent au combat. Après tout, ils ont eux aussi le droit de s'amuser!

Seul succès de la matinée, Groleau et Suzie Lespérance ont tout bravé pour monter dans un des avant-postes. Évidemment, les défenseurs sont vite revenus dans la forteresse grâce à leurs trapèzes volants. Groleau et Lespérance fanfaronnent en les regardant s'enfuir.

—Peureux! Revenez!

— Hourrah! On vous a eus!

— Hé! Groleau! Lespérance! You-hou! leur crie-t-on de la forteresse.

Inquiets du ton espiègle employé à leur égard, les deux larrons se tournent en direction de la forteresse, où Julien les incite à regarder au-dessus de leurs têtes. Il s'y trouve une chaudière montée sur un pivot et dissimulée entre des branches. De cette chaudière, une longue ficelle s'étire jusqu'à la forteresse et dans les mains de Marie-Ange. Toute souriante, la voici qui tire fort sur la ficelle. La chaudière bascule. Une eau fangeuse où flottent une douzaine d'œufs pas frais du tout soumet Groleau et Lespérance à une douche forcée qui les couvre de feuilles en décomposi-tion et engluées d'œufs plus verts que jaunes. Dégoûtés, les compères aban-donnent l'avant-poste chèrement conquis et vont rejoindre Marc, qui donne le signal de la retraite. Tout va si mal pour son armée que c'est ce qu'il y a de mieux à faire. Penauds, humiliés, les Conquistadors se regroupent hors de portée des Indiens, qui crient déjà victoire. Comme chaque fois qu'il se fourvoie dans une situation sans issue, Marc se tourne vers Michael :

—C'est quoi déjà, ton idée, Michael? Ça peut être prêt pour cet après-midi?

—Garanti! Si tout le monde m'aide, tu vas voir, ça va marcher. Garanti cent...

—... Cent pour cent. On le sait! complètent Groleau et Lespérance, moins que jamais optimistes à propos des idées de Michael.

Encouragé, Marc se permet de défier ses ennemis, leur rappelant que la journée est jeune et qu'ils reviendront. Cela fait sourire les Indiens, pas du tout affectés par ces menaces en l'air, qui répliquent par des moqueries et entonnent un chant de victoire alors que les Conquistadors reforment leurs rangs pour s'en aller, la tête basse et les pensées confuses. Derrière eux, les pétales de la forteresse se relèvent comme un nénuphar se referme la nuit venue.

• • •

Pendant que les Indiens chantent victoire, Julien cherche Sarah dans la colonne des Conquistadors en retraite. Maculés de farine et de fange, tous sont méconnaissables et pourtant Julien n'a pas de mal à repérer son sourire parmi tous les visages défaits. Elle est au milieu de sa bande, la tête tournée vers lui, ne voyant que lui de tous les Indiens. « Elle est un peu ridicule dans son accoutrement de Conquistador », pense Julien, quand même séduit par ses allures garçonnes qui font un si beau contraste avec son doux visage et ses yeux pétillants.

Soudain, Julien a l'envie folle de la revoir tout de suite, même en pleine guerre, malgré tous les risques que cela implique.

— Je vais aller voir ce qu'ils font, annonce-t-il à ses lieutenants.

— En plein jour ? s'étonne Mario.

— Qu'est-ce que tu veux dire ?

— Rien... Juste qu'en plein jour ils vont te voir... non ?

Julien hésite. À quoi Mario fait-il allusion avec son « en plein jour » ? À ses escapades la nuit tombée ? Sait-il pour Sarah et lui ?

— Prenez le commandement, Marie-Ange puis toi, Mario, finit par dire Julien, bien décidé d'aller seul rendre visite à Sarah.

— Je peux pas y aller avec toi ? insiste Mario. À deux, on a pl...

— Non. Ils me verront pas. Je vais faire le grand tour par la montagne.

Mario ne réplique pas, mais le refus de Julien lui fait l'effet d'une gifle. Renfrogné, il l'observe qui se laisse emporter par un trapèze volant et atterrit dans la forêt trente mètres plus loin. Longtemps après que Julien soit disparu entre les arbres, les pensées de Mario s'attachent à ses pas. Fâché contre celui qui le délaisse, honteux de lui-même qui a la faiblesse d'avoir le cœur gros, Mario se dit qu'il n'a plus de vrais amis. Il se sent trahi.

Chapitre 6

L'arme écolo-diabolique

De retour à leur repaire, les Conquistadors oublient un peu leur désarroi et s'activent fébrilement. La simple pensée qu'une arme secrète va bientôt les venger suffit à les enflammer.

Bizarre prémisse d'une vengeance guerrière, Michael distribue à la ronde des filets à papillons et des pots de verre. Ensuite, il présente une très grosse jarre de plastique dans laquelle s'agitent des douzaines de gros bourdons et ordonne :

—Ramenez-en le plus possible. Il en faut beaucoup plus. Des centaines. Tout ça doit être plein. Marc, trouve une batterie d'auto. Ça me prend de l'acide.

—Il t'en faut beaucoup?

—Un demi-litre. Ça prend une batterie neuve. Faut de l'acide frais. Groleau, Lespérance, vous deux, je vous donne à faire le moins compliqué.

—Pourquoi? Ça nous fait pas peur, le compliqué.

—J'en doute pas! C'est le compliqué qui se méfie de vous deux. Bon, vous me ramenez le filament qui est en dedans d'une ampoule électrique. Tu sais, ce qui brille. Sans le briser.

—Ben oui. On a compris. Tu en veux combien?

—Rapportez-en plusieurs. Au cas. C'est fragile.

—D'accord. Tu vas en avoir assez que tu sauras plus où te les mettre.

Marc, Groleau et Lespérance partent en direction du camping. Sarah et la plupart des Conquistadors se dispersent dans la forêt à la recherche de clairières fleuries où butinent les bourdons. Quelques-uns restent dans la grange, attendant les ordres de Michael. Son petit frère, gonflé d'orgueil, se fait leur porte-parole:

—Nous, c'est quoi qu'on fait, Michael?

—Attendez dehors. C'est très risqué, ce que je vais préparer. Très dangereux. Vous montez la garde pour qu'on ne vienne pas me déranger.

Pour avoir déjà subi les conséquences des expériences de Michael, personne ne se fait prier pour attendre dehors. À l'exception du petit Laurent, qui traîne de la patte, tâtant du doigt l'étalage de chrysalides en se demandant ce que c'est.

—Michael, moi, je peux pas rester pour t'aider?

—Touche pas à ça! C'est pas prêt. Tu vas me les gâcher.

—C'est quoi? Une autre arme secrète?

Michael ne répond pas et expulse sans égard son petit frère. Une fois seul, il prend une grande inspiration puis étale sur sa table de travail tous les accessoires et outils nécessaires à ses mystérieux préparatifs.

• • •

Des bourdons butinent à une talle de fleurs des champs derrière le repaire des Conquistadors. Sarah les capture en quantité en les prenant en sandwich entre un pot et son couvercle. Les fleurs des champs coupées du même coup tombent dans le pot.

Les bourdons continuent de s'y nourrir, indifférents aux conséquences fâcheuses que cela risque d'avoir pour leur avenir. Bourdonnant d'insouciance, ils sont déjà nombreux au fond du pot.

Contre le mur de la grange, rouille une vieille pompe à main. Un baril posé devant sert d'abreuvoir. C'est de là qu'une voix familière interpelle Sarah :

— Par ici ! Ici. À côté du baril.

— Julien ! Qu'est-ce que tu fais là ?

— Bien, j'avais envie de te voir.

— T'es fou ! Tu pourrais te faire prendre.

— Sais-tu ce que ton frère prépare ? J'ai jamais autant vu votre bande courir de tous les côtés.

— Je sais pas. C'est une idée de Michael. Il nous fait ramasser plein de bourdons.

— Des bourdons ? Ah bon. On se voit ce soir ?

— Sûr.

Ils hésitent un temps, sans rien dire, tous deux accroupis autour du baril plein d'eau, ignorant les Conquistadors qui circulent tout près. Un mouvement à la surface de l'eau attire leur attention : un bourdon tombé dans le baril.

—En voilà un que Michael n'aura pas. Il va se noyer.

Sarah plonge doucement l'index dans l'eau, glissant le doigt sous le bourdon. L'insecte s'agite, nage vers ce doigt.

—Attention! tu vas te faire piquer.

—Non. Quand tu leur sauves la vie, ils te piquent jamais.

Le bourdon grimpe sur le doigt de Sarah, qui l'approche de son visage. Plusieurs secondes, le bourdon marche sur la main de la fillette, puis il s'envole, sous les yeux de Sarah et Julien. Eux aussi doivent partir. Ils s'embrassent furtivement, d'un baiser à peine posé sur les lèvres. Julien retourne dans les bois et Sarah transporte son pot de bourdons vers l'avant de la grange.

• • •

Julien court dans la forêt, passant à travers la zone interdite sur les flancs de la montagne Noire. C'est qu'on s'y perd facilement, aucun sentier ne pouvant ramener un promeneur vers le lac ou les campings. Ici, la végétation est plus sauvage, les arbres plus sombres. Croisant un petit torrent,

Julien aperçoit un ours noir sur une roche, en train d'attraper des poissons. Le garçon fige puis, faisant un détour, il poursuit son chemin encore plus vite qu'avant.

Son attention rivée à l'ours, Julien n'a pas remarqué la silhouette tapie dans le contre-jour : celle d'un homme bien étrange avec une tête énorme, disproportionnée, et un bâton de marche tordu dans la main. Sans bouger, sans un murmure, cet homme observe longuement Julien, qui disparaît dans les sous-bois en courant.

• • •

Les Conquistadors chasseurs de bourdons reviennent chargés de pots grouillants de bourdons enragés, et Marc avec une lourde pile de voiture toute récente.

—Bon. Tout est là. Ça va être bientôt prêt, ton invention ? s'impatiente Marc.

—Groleau et Lespérance sont pas encore revenus. C'était pourtant pas difficile... Sans filament d'ampoule électrique, je ne peux rien faire, moi...

À l'instant même, un son d'ampoule brisée surprend Michael. Puis, un autre et encore un autre. Cela vient de l'arrière de la cabane. Intrigués, les Conquistadors sortent voir ce qui s'y passe.

Des lunettes de sécurité aux yeux et d'épais gants aux mains, Groleau et Lespérance sont là qui fracassent à coups de marteau d'innombrables ampoules. Traitement-choc auquel aucun filament ne résiste.

—Qu'est-ce que vous faites là? gémit Michael, dépassé par la grossièreté du procédé des deux larrons.

—On essaie de te fournir ton filament de merde! grogne Groleau.

—C'est pas faisable. Ça casse tout le temps, maudit! se lamente Suzie.

—C'est parce que vous vous y prenez mal. Donnez-moi ça, je vais m'en occuper.

Michael s'empresse de saisir la dernière ampoule intacte. En un tournemain, il tord le goulot et en extrait le filament, puis retourne à son laboratoire, laissant en plan Groleau et Suzie Lespérance, qui ne se laissent pas impressionner par sa dextérité.

—C'était quand même plus amusant avec un marteau. Ça défoule.

—Ouais. Au moins, il y avait un *challenge*.

Passant devant Marc, qui se demande où Lespérance et Groleau se sont procurés une aussi imposante quantité d'ampoules, les compères vont rejoindre le reste de la bande à l'intérieur de la grange.

● ● ●

L'arme diabolique de Michael est enfin prête. L'incroyable quantité de bourdons s'agitant dans la jarre de plastique garantit le sérieux de la chose. Un sérieux qui inquiète beaucoup les Conquistadors réunis autour du petit écolo-savant.

—C'est débile, ton histoire. Qu'est-ce que tu penses faire avec tout ça maintenant? Les apprivoiser? lui demande Sarah.

—Mieux que ça! Je vais les téléguider.

Deux trous, larges de trois doigts, sont percés dans le couvercle de la jarre à bourdons. Par le premier, muni d'un sas en moustiquaire, Michael introduit encore plus de bourdons dans la jarre déjà pleine d'insectes en furie. Au second trou est fixé un court tuyau sur lequel s'enfile un grand ballon dégonflé. Ajoutons que le filament d'ampoule électrique est collé à l'intérieur du ballon et relié à deux fils électriques dépassant du goulot de sorte qu'on puisse allumer le filament.

Un dernier petit tube de verre relie cet assemblage à un autre pot de verre plus petit, au fond duquel Michael dépose des rognures d'un métal particulier avant de verser l'acide récupéré de la batterie d'auto. Puis, il s'empresse de fermer hermétiquement tout cet appareillage.

L'assemblée surveille les opérations, prête à déguerpir au premier signe de pépin. Fièrement, Michael décrit le fonctionnement de son invention infernale :

— L'acide va dissoudre le métal, ce qui va produire de l'hydrogène.

— Comment ça? l'interrompt Groleau, éternellement sceptique quand c'est Michael qui parle.

— Quand tu rotes, toi, on te demande pas comment ça se fait! se moque aussitôt Suzie Lespérance.

— Niaiseuse! réplique Groleau, fâché qu'on se moque de lui.

— Vous m'écoutez ou vous m'écoutez pas? s'exclame Michael, irrité qu'on disserte piteusement alors qu'il expose une de ses géniales idées.

Voulez-vous le savoir, comment ça marche, oui ou non? Hein? Bien, taisez-vous. Bon. L'hydrogène monte dans le petit tuyau, ici. Le ballon gonfle et gonfle. Puis, les bourdons vont se faire aspirer jusque dans le ballon.

Sous les yeux médusés de l'assistance, l'acide ronge le métal, une vapeur blanchâtre suit le tuyau de verre, le ballon se gonfle. Et les bourdons sont attirés à l'intérieur du ballon, dont les minces parois laissent entendre un terrifiant vrombissement qui va s'amplifiant. Marc et sa bande reculent d'un pas pendant que Michael poursuit ses explications détaillées, trépignant sur place ou courant d'un côté à l'autre de son invention:

—Ce qui va arriver est pas mal extraordinaire. L'hydrogène excite les bourdons. Ça les rend fous. Ça les énerve au max! Ils peuvent voler dans le ballon comme des malades pendant toute une journée. Après, eh bien! ils meurent... mais aujourd'hui, ils auront pas le temps.

Ce que dit Michael est vrai: une fois dans le ballon, un effet peu connu de l'hydrogène surexcite les bourdons, qui volent avec une énergie du diable.

Les parois distendues et translucides du ballon semblent habitées par une nuée venue d'un autre monde. À ce stade de l'opération, un gros doute et pas mal de frayeur font suer Marc et ses Conquistadors acculés aux murs de la cabane, pendant que Michael sautille de joie en anticipant la conclusion de son exposé.

—Hé! Michael, si l'envie prenait à un bourdon de piquer le ballon, il pourrait pas crever? demande Suzie Lespérance, soupçonnant une faille dans les beaux plans de l'apprenti inventeur.

—Pourquoi il piquerait un ballon de latex? C'est pas si imbécile que ça, un bourdon, réplique Michael, pour qui il est impossible que son invention ne réponde pas à ses ingénieux espoirs.

—D'accord, mais on va arriver à quoi avec ton truc? demande Marc, qui craint d'avoir perdu le reste de la journée à un bidule d'une utilité obscure.

—C'est simple, reprend Michael, je vais refermer le ballon, serré bien étanche. Je vais lui attacher un contre-poids pour qu'il reste suspendu dans les airs et...

Tous l'écoutent avec une attention proportionnelle à l'affolante rumeur des bourdons en furie, mais les intentions de Michael restent ténébreuses. Exaspéré par la lenteur d'esprit de sa bande, l'inventeur saute au point final de son exposé :

—Vous comprenez pas? Le contrepoids, je l'ai fait avec les morceaux de mon dirigeable. Vous vous en souvenez?

—Celui que t'as fait voler au-dessus du lac et que les mouettes attaquaient comme si c'était un poisson volant? interroge Sarah.

—Ouais, puis qui est passé à travers la fenêtre du salon de M. Beauregard? précise Groleau.

—On s'en souvient, ça s'oublie pas. Il sert à quoi, ce coup-là? conclut Marc, pressé de comprendre la finalité de l'invention bourdonnante.

—Avec ma télécommande, conclut enfin Michael, je vais diriger le ballon jusqu'au-dessus de la forteresse des Indiens. Après, je vais appuyer sur ce bouton-là, ici. Le filament va s'allumer, l'hydrogène va exploser, les bourdons vont se lancer de tous les côtés. Puis, les Indiens vont se sauver à toute vitesse. *Full* affolés!

Cette fois, les Conquistadors ont compris. Unanimement, ils approuvent ce plan fulgurant et diabolique avec des cris de joie, des hurlements bestiaux, des applaudissements… Michael est comblé. Avant même le coup d'essai, il triomphe. Croyant achever de méduser son auditoire par la grandeur de sa vision, il ajoute :

—Savez-vous ce qui est le meilleur dans mon invention? C'est une arme complètement écologique. Entièrement faite à partir de choses naturelles. Pensez-y. C'est fort! Totalement d'avant-garde!

Cette dernière réflexion ne trouve pas l'écho souhaité chez les Conquistadors, dont les pensées ne vont pas aussi loin, pour ne pas dire qu'elles sont à courte vue.

• • •

Une heure plus tard, les Conquistadors se dissimulent dans la forêt. Ils attendent que Marc et son état-major contournent la forteresse suspendue en transportant le fragile ballon, enveloppé dans une couverture pour le protéger des branches mortes souvent pointues.

—Pourquoi tu nous fais faire un détour? On pouvait pas le lâcher tout de suite, ton ballon?

—Réfléchis, Suzie. On peut pas lâcher le ballon contre le vent. C'est pas des moteurs de *Boeing*, ça, réplique Michael en montrant du doigt les minuscules moteurs dans les nacelles du dirigeable.

Arrivé à l'endroit qu'il juge propice, l'inventeur mouille son index et le soulève pour estimer la direction du vent. Suzie et Marc sont juste derrière et ne résistent pas à la tentation de souffler discrètement sur l'index de Michael. Tout de suite, Michael angoisse, croyant que le vent change de direction au mauvais moment. Pour s'en assurer, il mouille de nouveau son index et le dresse une seconde fois. Une fois de plus, il sent une brise suspecte lui refroidir le doigt. Ce coup-ci, il a compris le manège de Suzie et Marc. Tant d'insouciance dans un moment aussi grave le froisse. Il est décidément associé à une bande de canards boiteux.

● ● ●

Julien est depuis longtemps de retour à la forteresse suspendue. Il a prévenu sa bande que les Conquistadors préparent une revanche, mais il n'a rien dit à propos de l'ours dans la montagne. Les heures ont passé sans que rien ne se produise. Adossé à un tronc d'arbre, un épais livre d'histoire sur les genoux, Julien passe le temps, concentré sur sa lecture.

—Ils viendront plus, c'est certain : lance Marie-Ange, tandis que Mario concède que l'ennemi s'est probablement découragé.

Comme pour les contredire, l'une après l'autre, les vigies dans les avant-postes écarquillent les yeux : venant du côté de l'étang, ils repèrent un gros ballon flottant à quatre ou cinq mètres du sol. L'alerte est donnée. Sifflets, trompes et cors se répondent dans la forteresse suspendue. Sans se presser, tous les Indiens vont à la palissade, intrigués par l'approche inexorable du ballon et ne pouvant imaginer qu'il constitue un réel danger. Même les Conquistadors cachés dans les bois se montrent curieux d'observer le fonctionnement de l'arme de Michael.

Tout à coup, le ballon frôle une branche pointue. Michael se dresse devant l'étang, manœuvrant nerveusement sa télécommande. Le ballon recule, réajuste sa trajectoire et reprend la direction de la forteresse.

—Il monte pas trop haut, le ballon? s'inquiète Marc.

—Le contrepoids est pas assez lourd. Je corrige avec les moteurs.

Nerveusement, Michael oriente les nacelles en piqué. Le ballon répond difficilement et poursuit sa lente avancée. Les Indiens froncent les sourcils : un bourdonnement inquiétant s'échappe du ballon et une nuée sombre s'y démène. Julien court à un télescope sur pied. Il l'oriente sur Michael manœuvrant sa télécommande et ensuite vers le ballon. Le temps d'ajuster le foyer, Julien s'offre à travers le latex translucide une vue serrée de la meute de bourdons enragés. Leur impact sur le globe de latex fait apparaître à répétition de petites bosses inquiétantes. Julien ne met pas long à évaluer la menace.

—Vite! Vite! Tout le monde dans la tente. Dépêchez-vous. Dans la tente!

Les vigies glissent sur leurs câbles d'acier rejoindre leurs camarades qui se ruent vers une tente érigée au centre de la forteresse. Munie de parois de moustiquaire, elle est quasi invisible d'en bas puisque entourée de la palissade de branches entrelacées et de sapinage. Du côté de l'étang,

Marc a peur que ses ennemis lui échappent de nouveau.

—Qu'est-ce que t'attends, Michael? Vas-y, laisse-leur pas le temps de se cacher.

—Le ballon est pas assez près.

—Arrête de téter. Pèse sur le piton.

Groleau joint le geste à la parole. Il tend la main et appuie lui-même sur la télécommande radioélectrique. Sous le ballon, une étincelle jaillit de la pile électrique. À l'intérieur du ballon, le filament nu s'enflamme en une seconde. L'hydrogène éclate en une boule de feu éblouissante. Indiens et Conquistadors sont aveuglés. Michael a pensé à se fermer les yeux. Quand il les ouvre, il est certain d'assister à une scène qui terrifiera à jamais l'ennemi et lui laissera un souvenir cuisant.

Les premières secondes, tout se passe comme prévu : Les bourdons surexcités, transformés en minuscules boules de feu, se dispersent en tous sens comme un magnifique feu d'artifice, mais en plus piquant! Ils virevoltent, se précipitant vers le premier venu pour enfoncer leur dard avant de rendre l'âme. Imaginez-vous attaqué par des dizaines de bourdons kamikazes!

Julien entre le dernier dans la tente et referme de justesse la moustiquaire devant l'essaim crépitant. Quelques bourdons ont eu le temps de passer, semant une panique certaine à l'intérieur, mais le plus grand nombre se bute aux parois de la tente et meurt carbonisé sans avoir piqué.

Les survivants rebroussent chemin et plongent sur leurs expéditeurs. Michael écarquille les yeux. Marc fige d'effroi. Quant à Sarah, elle n'hésite pas une seconde et se lance dans l'étang. Vite entourée de douzaines de météorites fumants, agressifs et tourbillonnants, toute la bande des Conquistadors plonge au fond de l'étang, chacun retenant son souffle pour rester sous l'eau le plus longtemps possible.

De longues secondes plus tard, quand un dernier bourdon en flammes s'abîme dans l'eau, les Conquistadors refont surface l'un après l'autre. Le péril est passé, il ne reste plus de bourdons en vol, mais Lespérance en voit un sur l'avant-bras de Groleau. Elle l'écrase d'une bonne taloche.

—Non! Tape pas dessus, épaisse. Ça fait entrer le venin! crie Michael pour l'empêcher d'empirer l'état de

Groleau déjà boursouflé par des piqûres qui lui enflent à vue d'œil sur le nez, le menton et la joue.

—Épaisse! C'est moi que tu traites d'épaisse? C'est la meilleure! Il y a des miroirs chez toi, hein? Tu t'es jamais regardé?

—Il faut enlever le dard sans peser sur le petit sac de venin.

Dans l'énervement général, peu de Conquistadors ont le sang-froid d'agir scientifiquement. À n'en pas douter, aussi imaginatif qu'il soit, le procédé de Michael ne sera pas répété de sitôt!

—Maudit Groleau. Le ballon était pas assez proche. Tu as tout fait rater, se plaint Michael, en s'éloignant.

Groleau et Lespérance l'ignorent. Ils s'entraident pour se sortir de la vase de l'étang.

—Qui c'est déjà qui disait : «La guerre, la guerre, c'est pas une raison pour se faire mal»? interroge Groleau, qui grimace de douleur à mesure que grossissent ses piqûres de bourdon.

—C'était dans un film, je pense, dit Lespérance.

—Ouais, bien, c'est vrai en maudit.

Chapitre 7

La terreur

Le soir est tombé et Sophie travaille encore sur son ordinateur portatif. Depuis son retour à la maison, Julien ne s'est pas assis un instant. Il se tient inconfortable sur une jambe ou sur l'autre, avalant sans grand appétit les hot-dogs que Luc fait cuire à l'extérieur sur charbon de bois.

—Maman... c'est vrai que ça fait des années qu'il se fait, le jeu de guerre entre les campings?

—C'est vrai, confirme Sophie, intriguée que son fils reste debout, se tortille et grimace, pas du tout à l'aise.

—Julien, tu veux pas t'asseoir?

—Non. Je suis bien comme ça... Pourquoi c'est amusant de jouer à la guerre, maman?

Le sérieux de Julien surprend Sophie. Elle se fait rassurante, soupçonnant que son garçon a un problème de conscience.

—C'est juste un jeu, une manière d'apprendre la vie. Si ça te plaît pas, tu peux jouer à autre chose. C'est toi qui décides.

—Ouais, mais tous les autres aiment ça. Puis, ils m'ont choisi pour chef.

—Je comprends. C'est pas facile. Je le sais, parce que... c'est en jouant à la guerre que j'ai rencontré ton père.

—On t'en a jamais parlé, ajoute Luc, se mêlant à la conversation. C'était l'hiver, j'avais ton âge, puis ta mère et moi on faisait une guerre de boules de neige.

—Tous les deux ensemble?

—Pas du tout. On était l'un contre l'autre.

—Elle m'en a même envoyé une entre les deux yeux.

—Oui, c'est en se lançant des boules de neige qu'on est devenus amis. L'été suivant, on s'est retrouvés ici, au lac Noir. On a commencé la guerre que tu joues.

Julien sourit à la pensée qu'au début ses parents étaient dans des clans opposés, comme lui et Sarah. Tout à coup pressé de partir, il tourne les talons.

— Où tu vas? Il fait noir, là.

— Comme d'habitude. À la pêche, sur le lac. Je peux?

— Demande à ton père... puis rentre pas tard!

• • •

Basse sur l'horizon, la lune se lève. Elle n'est plus aussi pleine. L'ombre rogne peu à peu sa rondeur. Comme d'habitude, Sarah et Julien sont sur le rocher surplombant la rivière. Sarah est assise sur la mousse. Julien, toujours debout, jette des brindilles dans leur petit feu de camp. Regardant au loin, il ne comprend pas pourquoi les lueurs du camping des Chabot sont si faibles.

— On voit pas de lumières de votre côté du lac. Avez-vous une panne d'électricité?

— Non. On n'a plus d'ampoules. Quelqu'un les a volées.

— Ah bon, dit Julien, ne pouvant deviner pourquoi on a pu faire ça.

— Tu t'assois pas à côté de moi? Tu me boudes?

—Je peux pas. Il y a un bourdon qui m'a piqué sur la fesse.

Sarah rit. D'un rire gentil et complice.

● ● ●

Près de la plage du camping Sud, Marc et Groleau font rebondir des cailloux plats sur le lac.

—Qu'est-ce qu'elle fait le soir, ta sœur? On la voit jamais.

—Après le souper, Sarah s'enferme dans sa chambre pour lire. Si tu la déranges, elle répond même pas.

—Elle doit lire des romans d'amour.

—Wouaaaasssssssshhhhh!

Les garçons se taisent un moment. Ils sont déprimés, fatigués et sans idées.

—Après la journée qu'on a eue, il y aura plus personne pour retourner attaquer la forteresse des Indiens.

—Ça nous prendrait une bonne idée. Autrement, elle va finir plate rare, la guerre.

—Ouais, ce coup-là, on demandera pas à Michael, on va la trouver nous-mêmes.

—Faudrait quelque chose qui fait peur. Du méchant épeurant pour montrer qu'on rit plus.

Les deux garçons font une moue affirmative, quand arrive Suzie Lespérance. Elle a délaissé ses éternels jeans usés, ses tee-shirts, sa casquette et autres vêtements de garçon pour des habits de fille. Elle est jolie, Suzie la grincheuse, habillée en jeune femme et le visage mis en valeur au prix de quelques coups de peigne dans sa chevelure soyeuse. Cela n'empêche pas Groleau d'éclater de rire, croyant à une farce.

—Hé! qu'est-ce que t'as fait là, Lespérance? T'as l'air d'une fille!

—C'est parce que je suis une fille, tarlet. Ris de moi encore une fois puis t'as mon poing dans la face. Compris? menace Suzie, l'agrippant par le collet et lui mettant un poing sous le nez.

Groleau en perd son sourire. Il n'a pas eu peur, mais il avait complètement oublié ce détail à propos de Suzie Lespérance. Tous les trois se remettent à faire des ronds dans l'eau. Suzie tient quand même à s'expliquer :

—Mes parents ont de la visite à soir. C'est pour ça que je suis déguisée.

• • •

Le lendemain, l'arbitre conquistador et quelques jeunes flânent devant le repaire de la vieille grange quand arrive Sarah. Elle se demande où sont passés son frère, Suzie Lespérance et le reste de la bande. Désinvolte, Groleau lui explique qu'ils sont partis en expédition. «Nouvelle tactique», dit-il, sans aller plus loin mais précisant qu'il faut attendre leur retour. Ce mystère embête Sarah. Dans quelle mésaventure son frère va-t-il encore une fois les entraîner? Avant qu'elle puisse soutirer d'autres détails à Groleau, voilà Michael qui sort de son laboratoire, tout énervé.

—Vite! Vite! Venez voir. Ça marche. Exactement comme prévu. Venez.

—Quoi ça? Ça va-tu encore nous sauter en plein visage?

—Bien non! Venez vite! Vous allez voir.

Tous ont, incrusté dans la chair, le souvenir de l'arme diabolique de la veille, alors c'est empli de crainte qu'on le suit à l'intérieur de la grange.

● ● ●

La belle inconscience de Michael, l'écolo-savant, se manifeste parfois de manière plus inoffensive. Aujourd'hui, il veut montrer à tous un événement peu ordinaire : les chrysalides soigneusement collées et étiquetées sur un carton sont en train d'éclore. Déjà, des douzaines de papillons orange volent dans la cabane, se posant sans crainte sur Michael.

—Des Monarques. Les chrysalides mettent quatorze jours pour éclore. Ils sont pas sauvages du tout. On peut les prendre. Doucement ! s'émerveille Michael, transportant les papillons sur le bout de ses doigts pour les poser sur la tête de Sarah et des autres.

Chaque enfant en a bientôt plusieurs sur les mains, s'accrochant aux oreilles et aux cheveux, ou sur le bout du nez. Séduits par la beauté étrange de tant de papillons apprivoisés, les enfants se plaisent à les prendre délicatement.

—Ils ont pas encore appris à avoir peur. Attention. C'est fragile. Touchez pas aux ailes. La couleur, c'est des écailles qui s'enlèvent à rien, explique Michael.

Groleau reste sur ses gardes. Cet engouement à propos de papillons ordinaires à ses yeux lui semble des plus nébuleux.

— Dis donc, Michael, ces papillons-là, ça vient des chenilles que tu nous as fait ramasser dans les jardins?

— Oui.

— Les chenilles vertes, dodues, avec des zébrures noires.

— Oui. Oui.

— Puis, là, c'est pas dangereux?

— Voyons donc, Groleau. C'est juste des papillons!

— C'est tout? Ça pique pas, c'est pas empoisonné?

Flottant sur un nuage de félicité, Michael hoche la tête, signifiant que non, bien sûr. Groleau a soudain l'impression qu'on se moque de lui.

— Ça sert à rien, d'abord!

Fâché, il tourne les talons et s'en retourne dehors attendre le retour de Marc. Son attitude a fini par vexer Michael à son tour.

— La guerre, la guerre, c'est bien beau la guerre, mais c'est pas tout : il y a la poésie aussi! Ignorant!

Les filles sont de l'avis de Michael. En vérité, comme ses parfums artisanaux, les papillons sont un excellent truc pour se faire des copines. Adulte, Michael fera un satané dragueur. Rien qu'avec les filles du camping, son carnet de rendez-vous est déjà rempli pour tout l'automne.

Tout à coup, un tumulte sauvage venu du dehors rompt le charme. Tous se précipitent à la fenêtre. Marc est de retour d'expédition. Lui et ses Conquistadors triomphent, sauvages et féroces. Oubliant leurs armures, ils se sont maquillés en commando, se salissant le visage et les membres avec de la boue. Du coup, ils ont effacé beaucoup de leur humanité pour se donner une allure barbare, cruelle, impitoyable. Ils ont régressé vers un état primitif.

Ils ramènent des prisonniers, dont Mario Papineau, qui sont attachés à la queue leu leu. L'un d'eux a même les pieds et les mains liés à une branche, comme une carcasse de gibier que ses ravisseurs portent sur leurs épaules. Si ce succès réjouit Groleau, Michael ne sait quoi penser et Sarah est révoltée :

—Qu'est-ce que ça veut dire, Marc ? Arrête ça. C'est pas juste. On va se plaindre aux arbitres.

—C'est pas permis de maltraiter les prisonniers, ajoute sur-le-champ Olivier, l'arbitre conquistador.

—Dis donc, toi, t'as pas démissionné hier ? Veux-tu que je te le fasse, ce que je t'ai promis hier ?

Suzie n'ayant pas du tout l'air de plaisanter, l'arbitre se clôt le bec. Marc s'adresse alors à tous.

—Il y a plus de lois de guerre. À partir de maintenant, la loi, c'est moi qui la fais. On est les plus forts, on va s'arranger pour que ça paraisse. Ça va être la terreur. J'ai décidé de faire ce qu'on veut avec les prisonniers! Les Indiens vont voir de quoi on est capables.

Tous hurlent de joie, approuvant la décision de leur chef. Les prisonniers sont attachés à un arbre, à l'exception de Mario Papineau qu'on pousse dans la grange. C'est le petit Laurent qui

141

reste surveiller les prisonniers. Fanfa-
ron, il les prévient :

—Qu'y en ait pas un qui essaie de
se sauver. C'est moi qui vous garde.
Marc a dit que ça va être effrayant, ce
qui va arriver à Mario. J'aime mieux
vous surveiller dehors pour pas voir
ça, mais... quand ça sera votre tour,
j'irai peut-être voir.

• • •

L'intérieur de la grange est aussi sombre qu'un donjon médiéval. Menaçants et agressifs, les Conquistadors se pressent autour de Mario Papineau. Les mains attachées dans le dos, il baisse la tête, n'osant regarder en face ses ennemis qui s'amusent à le bousculer. Marc grimpe sur une caisse et proclame fièrement :

— Aujourd'hui, on commence quelque chose de nouveau... on torture les prisonniers ! Comme ça, les Indiens vont être moins fiers la prochaine fois qu'on va les attaquer.

La meute éclate de rire. Mario frémit pendant que Michael et Sarah s'échangent des moues désenchantées.

— Maudit qu'on devient bêtes quand on est en *gang*, grince Sarah, les dents serrées.

— Ça, c'est garanti cent pour cent, grogne Michael pendant que Marc descend de la caisse, narguant Mario d'un sourire cruel et s'approchant pour le regarder droit dans les yeux.

— Pour commencer, Mario, on va te déculotter devant les filles.

Les filles s'attroupent en cercle, ricanant à l'idée d'un spectacle gratuit. Sarah, elle, recule, de plus en plus fâchée du dérapage contrôlé par son frère.

Mario, lui, rougit, anticipant une humiliation assortie de ces quolibets inoubliables dont seules les filles ont le secret, mais il fait le brave, ne résistant même pas quand Suzie Lespérance exécute l'ordre de Marc. Le pantalon tombe. Des petits rires gênés fusent. Groleau est ravi par la cruauté sans limites de son chef.

—Hé, Marc. Moi, j'aimerais pas ça me faire déculotter par une fille! fait-il, l'air de croire que, vraiment, il fallait y penser.

Mario subirait l'outrage sans broncher s'il n'apercevait Marc prenant ce qui reste de sangsues invendues encore vivantes au fond d'un bocal.

—Qu'est-ce que vous pensez faire avec ça?

—T'as pas une petite idée, Mario? Attends, je vais t'expliquer.

Marc se penche, lui exposant au creux de l'oreille les détails de son dessein. À mesure qu'il parle, l'horreur grandit dans les yeux de Mario, que les Conquistadors ont du mal à tenir en place tant il se tortille. Ajoutant du poids aux mots chuchotés par Marc, Lespérance et Groleau sortent du bocal des sangsues qui se rétractent, se contractent et s'enroulent autour de longues pincettes qu'ils approchent de Mario.

—Non! Pas ça! Faites pas ça! Non! Lâchez-moi!

—De quoi t'as peur, Mario? Ça fait pas mal. On sent rien, susurre Suzie Lespérance.

—Ouais. C'est juste drôle à voir : elles vont gonfler pendant que toi, tu ratatines, ricane Marc.

—Si on les nourrit pas, les pauvres petites bêtes vont crever de faim. On n'a pas le choix, insinue Groleau, faussement éploré du sort des pauvres sangsues. À moins que tu aies quelque chose à nous proposer à la place?

—Oui! Je sais des choses. Je vais tout te dire! Mais pas devant les autres. À toi seulement, hurle Mario, blême comme s'il s'était vidé de son sang par anticipation. Il est prêt à tout pour que disparaissent de sa vue ces horribles vers de vase suceurs de sang.

Marc est pris au dépourvu. Il ne prévoyait pas obtenir d'aveu. Il voulait seulement faire peur. Comme à regret, il signale à Groleau et Suzie Lespérance de ranger les sangsues.

— Tout le monde sort. Les secrets, il y a juste les chefs qui peuvent les entendre.

Enchantés de l'autorité nouvelle de leur chef, les Conquistadors obéissent et suivent Suzie Lespérance, qui emporte le pantalon de Mario. Groleau reste pour assister Marc, qui s'installe, impérieux, sur son trône.

Au moment de sortir de la grange, Sarah s'étonne du regard intense que Mario lui destine. Un regard coupable plutôt surprenant puisque, pour Sarah, les fautifs sont les Conquistadors. À coup sûr, il se sent mal de trahir, mais pourquoi la regarde-t-il, elle, en particulier? Sarah sort la dernière. Les portes de la grange se referment sur son visage interloqué.

— Parle, Mario. J'écoute. C'est mieux d'être bon. Autrement, je rappelle tout le monde, pis là, tu vas y passer, menace Marc, plus intrigué que mauvais.

— Euh... chaque soir, notre chef, Julien, va rencontrer quelqu'un à la décharge du lac, lâche Mario.

— Qui ça? Un traître?

Mario ne répond pas tout de suite. Il s'accorde quelques secondes de réflexion. «Un traître?» a dit Marc.

« Quelle bonne idée », pense Mario, imaginant une vengeance à prendre sur Marc.

— Un traître. Oui, c'est ça, Marc. Je sais pas qui c'est, mais il y a un traître dans votre bande.

— Je comprends à présent! On peut bien avoir de la misère à la gagner, cette guerre-là! s'exclame Groleau, prêt à attribuer tous les échecs de sa bande à ce traître.

— Qu'est-ce qu'il peut bien dire à Julien, le traître? interroge Marc, pas encore tout à fait convaincu.

— Julien ne le dit pas. C'est un secret, mais il sait d'avance ce que vous préparez.

— Quand vous nous avez pris en embuscade sur la rivière, Julien savait qu'on arrivait par là?

— Oui. Julien savait.

Marc met fin à l'interrogatoire. Il en sait assez. Et il sait déjà ce qu'il fera ce soir. D'un signe de tête, il envoie Groleau délier le prisonnier. Sitôt qu'il a les mains libres, Mario étire son t-shirt par le bas pour cacher ses parties honteuses. Une expression dont il vient de découvrir à ses dépens l'origine sémantique. Puis, il trottine vers la sortie, mais Marc l'intercepte.

—Mario, on te libère. À présent, tu es notre agent double. Tu comprends ? Tu te rapportes à moi tous les jours. Dis à personne que t'as parlé. Il faut que personne pense que t'as trahi.

—Ils vont s'en douter, oppose Mario sans oser lever les yeux.

—Bien non. On va même te faire passer pour un héros... T'auras juste à dire que tu nous as niaisés, que t'as rien dit. Compris ?

Mario hoche la tête affirmativement, même s'il ne comprend pas du tout à quoi Marc veut en venir.

Les portes battantes de la grange s'ouvrent alors, dévoilant les Conquistadors alignés sur deux rangs qui attendent en agitant chacun une branche de bois vert en guise de cravache. Mario recule d'un pas, étirant jusqu'aux genoux son t-shirt. Il se croyait libre de partir, il pensait que son mauvais quart d'heure achevait. Mais non, le plus dur reste à venir. Il devra passer dans le couloir que font ses ennemis avec, au bout, le petit Laurent agitant son pantalon comme un matador remue sa cape pour exciter le taureau. Comme il l'avait annoncé à son prisonnier, Marc le congédie de manière que sa trahison ne soit pas dévoilée :

— Tu peux t'en aller, Mario, mais tu vas t'en souvenir d'avoir fait semblant de vouloir parler pour finalement rien dire. Allez, marche! Si tu te mets à courir, t'es un peureux.

D'un clin d'œil à la dérobée, Marc indique à Mario d'y aller. N'ayant pas d'autre choix, Mario se résigne. Il étire à bout de bras son t-shirt et avance entre les rangées de Conquistadors, angoissé par le premier coup à venir. Un sifflement précède une cinglante brûlure en plein sur les fesses. Groleau ne s'est pas gêné. Mario se retourne vivement, le poing levé et grimaçant de rage plus que de douleur :

— Hé, toi! veux-tu mon poing dans la face?

Intimidé, Groleau recule : il ne s'attendait pas à ce que sa victime réplique. La bravade de Mario ne l'exempte toutefois pas de poursuivre entre les rangs des Conquistadors. En silence, il résiste à un second coup plutôt timide. Il en reçoit un troisième un peu plus hardi. Et au quatrième, il s'élance au pas de course, traversant à toute vitesse le couloir, atteint de plusieurs coups, heureusement mal ajustés. Il arrache enfin son pantalon des mains de Laurent et se sauve dans la forêt, longtemps poursuivi par les rires arrogants de ses ennemis.

Jaugeant d'un œil autoritaire sa bande cruellement rieuse, Marc se rend compte que Sarah est partie. Ça l'embête qu'elle désapprouve sa tactique de terreur. C'est qu'au fond de lui il n'a pas tout à fait la conscience tranquille et souhaite un appui unanime pour se déculpabiliser.

—Suzie. Où est ma sœur?

—Elle est partie. Elle a dit qu'on l'écœure puis que t'es un sauvage.

—Ah oui? Bof! ça fait rien. Ça va lui passer.

Mario parti, les Conquistadors reportent leur attention sur les prisonniers toujours attachés à l'arbre, qui s'échangent des regards apeurés. Ils n'ont pas hâte de savoir ce qui les attend...

●　●　●

Plus loin dans la forêt, Mario a enfilé son pantalon. Il pleure, humilié, rageant contre lui-même. De loin, lui parviennent les protestations des autres prisonniers, puis les rires et les exclamations de la bande de Marc.

Il s'éloigne, marchant aussi vite que lui permet son postérieur endolori, étirant encore son t-shirt, cette fois vers le haut pour sécher des larmes intarissables.

• • •

Partie en éclaireur, Marie-Ange revient au pas de course accompagnée d'un volontaire indien. Ils vont droit sous la forteresse, où les attend l'ascenseur. Un contrepoids et les efforts des Indiens sur la plateforme les font s'élever. Sitôt dans la forteresse. Marie-Ange retrouve Julien et les autres, réunis dans l'abri central.

— Personne. On a vu personne. Ils sont nulle part.

— C'est bizarre, ça. C'est pas leur genre de se décourager aussi vite.

— Ouais. Mais là, il est assez tard. Ils viendront pas aujourd'hui. Qu'est-ce qu'il fait, Mario ? Pourquoi il est pas ici aujourd'hui ?

— Il devait venir. Il a dû changer d'idée.

Sur ce, les Indiens quittent la forteresse, bloquant les accès pour la nuit avant de partir.

Chapitre 8

Le piège se referme

Louis-Georges finit de remplacer les ampoules disparues mystérieusement de toutes les allées de son camping. Il maugrée à mi-voix en déplaçant son escabeau.

—Toutes les ampoules. Ils m'ont volé toutes les ampoules. Bande de morons. C'est pas cher, des ampoules. Pourraient s'en acheter. Mais non. Juste pour faire chier.

Il voit venir Philippe Beauregard, qui semble avoir pris goût à la pêche. Vêtu comme un explorateur allant à la chasse aux insectes au fond des jungles de Sumatra, il emporte vers le lac tout un attirail de pêcheur.

—Ah! il était temps, dit-il malicieu-sement en passant près de Louis-Georges. C'était lugubre hier. On se serait cru dans une mine de charbon.

—À part qu'on n'avait plus de lumières hier soir, aujourd'hui, tout va bien?

—C'est justement ce qui m'in-quiète. Tout va trop bien.

—Bonne pêche, Philippe. Puis fais attention. Il va y avoir de l'orage cette nuit. Si tu te fais prendre par la pluie sur le lac, viens pas te plaindre à moi.

Philippe Beauregard a déjà repris son chemin. Du sommet de son esca-beau, Louis-Georges l'observe s'éloi-gner avec son attirail. Il hausse les épaules et visse une dernière ampoule.

—S'il pense ramener un autre tro-phée, il perd son temps. La chance du débutant, c'est bon juste la première fois!

• • •

Sur un arbre mort, dans un recoin sombre près de la plage, Mario Papi-neau épie Julien qui s'éloigne sur le lac. Les remous du sillage que laisse son canot vont s'élargissant, délicats et lumineux.

Mario soupire, peu fier de lui-même, en le regardant aller vers un rendez-vous qui ne sera pas celui qu'il croit. Tout à coup, une voix le fait sursauter :

— Qu'est-ce que tu regardes comme ça, Mario?

— Marie-Ange! Qu'est-ce que tu fais ici? Pourquoi tu m'espionnes? Pis, y a rien, à part Julien qui va à la pêche comme chaque soir...

Mario parle nerveusement. Il aurait bien envie de lâcher le morceau. Faisant une moue complice, Marie-Ange pense deviner ce qui le tourmente mais, sans le savoir, elle l'empêche de révéler ce qui l'angoisse pour de vrai.

— Il va pas à la pêche, Mario, tu sais bien. Il va voir Sarah.

— Qui t'a dit ça?

— Personne. T'as pas vu qu'ils ont un *kick* ensemble, ces deux-là?

— À quoi j'aurais vu ça, moi?

— Juste la manière qu'ils se regardent. Toi, Mario, parfois, je pense que tu es aveugle. Tu as même jamais remarqué les *looks* que, moi, je te fais.

— À qui? À moi? Toi?

— Oui, à toi. Ça fait un bout de temps que j'essaie d'attirer ton attention. Je pense que ça sert à rien... As-tu quelque chose contre les filles?

C'en est trop d'un coup pour Mario.
Il prend ses jambes à son cou et s'en-
fuit, au plus grand étonnement de
Marie-Ange.Disparaissant dans la
pénombre, il crie même :

—Laissez-moi tranquille! J'veux la
paix! J'veux être tout seul!

• • •

Très loin à l'horizon, les lueurs
d'un orage éclairent les nuages. Julien
n'y fait pas attention. Il arrive à desti-
nation et amarre son canot. Il saute sur
les rochers et se dépêche de rejoindre
Sarah.

Il la découvre contrariée et agitée.

—Julien, c'est toi qui as pris la
lunette? Elle est plus dans sa cachette,
sous la pierre plate.

—Non. Peut-être que tu l'as mise
ailleurs…

La voix éraillée par l'émotion, fré-
missante de colère, Sarah interrompt
Julien :

—En plus, sais-tu ce que mon
écœurant de frère a décidé? Pour
commencer, il va faire des prisonniers.
Aujourd'hui, c'était Mario Papineau,
puis…

—Mario?

—Ouais, puis, à partir de maintenant, ils vont tortu...

Tout autour, des lampes de poche s'allument, les aveuglant. En quelques secondes, une douzaine de silhouettes les entourent, sorties des buissons et de derrière les arbres. Au même instant, un éclair illumine la nuit, révélant Marc, Groleau, Suzie Lespérance et d'autres, tous très mécontents de trouver Sarah auprès de Julien. La lunette de vision nocturne pend au cou de Marc.

—Marc? Qu'est-ce que tu fais ici? s'exclame Sarah, moins apeurée par cet encerclement dramatique que fâchée contre son frère.

—Toi, ma sœur, qu'est-ce que tu fais là?

—Ça te regarde pas.

—C'est ta sœur qui nous trahit, Marc, souligne Suzie, sourdement fielleuse.

—Elle trahit personne. On parle pas de la guerre, corrige Julien.

—Ah oui? Là, elle te disait quoi, ta Sarah?

—Quand ton père va savoir avec qui ta sœur se tient, il va pas la trouver drôle, commente Groleau, sachant bien que Marc craint toujours les jugements de son père.

—Sarah, tu fais plus partie de la bande... Rentre à la maison. On va se parler plus tard... Toi, Julien, tu vas me payer ça! menace Marc plus pour impressionner les siens que parce qu'il y tient.

Sarah a beau protester qu'ils ne font rien de mal, qu'après la tombée du jour la guerre s'arrête, que c'est la loi, rien n'y fait, les Conquistadors ont l'esprit à la vengeance. Ils avancent pas à pas, certains que ni Julien ni Sarah ne peuvent leur échapper. La tension est si forte qu'on ne fait pas attention aux grondements menaçants de l'orage ni aux lueurs plus tranchées.

Refusant d'obéir à son frère, Sarah prend la main de Julien. Ensemble, ils reculent jusqu'au bord du rocher, jusqu'à la limite de l'escarpement au-dessus du lac. Groleau et Lespérance ricanent en les voyant aculés, ne pouvant faire un pas de plus sans chuter, six mètres plus bas, dans l'eau froide à la jonction du lac et de la rivière. Ils déchantent bientôt quand Sarah et Julien se retournent et plongent, surprenant Marc, qui jamais ne les aurait crus capables d'un tel saut.

—Sarah! où tu vas, là? Reviens tout de suite. Vous êtes bien nouilles, vous autres! C'était quoi, l'idée d'attendre avant de les attraper?

Les reproches de Marc n'ont pas d'effet sur ses Conquistadors excités comme la meute qui débusque un renard.

—Vite, les gars! Aux chaloupes! crie Groleau, qui s'élance sans attendre.

—Après la traîtresse! On poursuit la traîtresse! crie avec enthousiasme Suzie.

—Minute, là! On fait rien à ma sœur. Je la ramène à la maison, puis c'est tout, s'inquiète Marc, qui voit la situation lui échapper dangereusement.

Les Conquistadors dévalent le versant des rochers pour retrouver des chaloupes à moteur électrique dissimulées sous des branches de sapin. Dans la nuit, ils ne voient plus Sarah et Julien.

Les amoureux pourchassés se dépêchent de nager vers l'entrée du lac, mais déjà les chaloupes débouchent d'un détour de la rivière. Leurs silhouettes se découpent dans les lueurs de plus en plus régulières de l'orage. Quelques-uns des Conquistadors, debout à l'avant des chaloupes, balaient la surface de l'eau avec leurs lampes de poche. Celle de Groleau a des ratés, qu'il corrige en lui tapant régulièrement dessus.

—Lâche-moi pas. Allez, marche! Hé! Là! Là! Je les vois. Ils sont par-là!

Marc pointe la lunette de vision nocturne vers Julien et Sarah. Les faisceaux des lampes de poche se concentrent sur eux au moment où ils atteignent la rive juste devant la montagne Noire. Sortant vite, ils disparaissent dans les bois. L'eau qui dégouline de leurs vêtements laisse derrière eux une piste ruisselante.

Au même instant, les chaloupes accostent. Groleau et Suzie Lespérance sautent hors de la leur et entrent en courant dans les bois pendant que le vent se lève, agitant lugubrement les arbres. Marc essaie en vain de les retenir :

—Groleau! Lespérance! Revenez. On arrête la poursuite. Hé! revenez. On va pas dans le bois en pleine nuit. On va tous se perdre.

Marc baisse les bras, découragé par la tournure des événements. Les Conquistadors qui restent se massent autour de lui. Ils n'ont pas du tout envie d'entrer dans la forêt en pleine

nuit. Ils hésitent, nerveux. Tout à
coup, un éclair tout près, suivi d'un
puissant coup de tonnerre, fait sursauter tout le monde.

• • •

Sarah et Julien se cachent sur le
flanc de la montagne Noire, au pied
d'un gros arbre. Plus bas, ils aperçoivent des faisceaux de lampes de
poche qui battent l'obscurité sans
paraître s'éloigner du rivage.

—Qu'est-ce qu'on fait, Julien?

—On va à notre forteresse. Il y a
des couvertures. On va se faire de la
soupe chaude, puis on dort là.

—On revient plus jamais. On se
sauve et on vit dans les bois pour
toujours!

Aussi insensée qu'elle soit, la
proposition de Sarah redonne courage
à Julien. Soudain, un faisceau de lampe
de poche les éclaire. Groleau et Suzie
Lespérance viennent de les repérer.
Les amoureux pourchassés repartent
à toute vitesse dans la noirceur, mais
Groleau et Lespérance en ont assez.
C'est que leur lampe de poche faiblit,
s'éteignant même par moments. Et puis,
le vent grossit et l'orage approche. Ils

ont le sentiment de s'être enfoncés trop profondément dans les bois.

—En pleine nuit, dans la montagne Noire : c'est des plans pour tomber sur l'homme des bois, ça, Lespérance.

—Il existe pas, l'homme des bois, mais on pourrait rencontrer un ours, par exemple.

À cet instant, la lampe de poche de Groleau s'éteint pour de bon. Un frisson glacé dans le dos fait des voix chevrotantes aux compères plongés dans le noir.

—Les piles sont mortes.

—Groleau, je pense que c'est vraiment pas le bon moment pour que ça arrive!

—Je sais bien, Lespérance. On fait comment pour rentrer maintenant? Il fait tellement noir que je vois même pas mes mains...

● ● ●

Marc n'a pas bougé. Tant bien que mal, il empêche ses acolytes de s'enfuir. Il veut attendre le retour de Groleau et de Lespérance. Et il espère que Sarah suivra. De temps à autre, il les appelle, sans trop y croire. Enfin, il s'entend répondre d'un ton grognard :

— Les nerfs, les nerfs! On s'est pas perdus. C'est la lampe de poche de Groleau qui est morte…

Alors que Marc les attendait dans une direction, les compères arrivent d'ailleurs, portant bien haut des torches improvisées.

— On les a presque rattrapés, mais ils sont partis plus loin.

— On leur chauffait les fesses…

— Quand les piles ont lâché, raides mortes. On a arrêté, on voyait plus rien.

— Je nous ai fait des torches pour revenir. Une chance que j'avais des allumettes, parce que, autrement, on aurait eu un gros problème.

À mesure qu'ils approchent, Groleau et Suzie Lespérance attribuent les expressions médusées de leurs compagnons à une admiration sans bornes pour leur ingéniosité. Tout le monde n'est pas aussi débrouillard.

À force de voir se figer de plus en plus les visages de leurs compagnons, l'ombre d'un doute leur vient à l'esprit. Et quand l'éclairage des torches improvisées paraît s'amplifier, illuminant tout autour, un sombre pressentiment les fait sourciller. Ils se retournent pour découvrir derrière eux des flammes énormes qui s'élèvent entre les arbres. Alimentées par le vent, elles atteignent vite la cime de grands pins, d'où elles sautent de branche en branche, propageant l'incendie à tout un pan de forêt.

Sortant de leur torpeur, les Conquistadors sautent dans leurs chaloupes. Seul Marc avance vers la forêt et appelle Sarah à tue-tête. Très vite, l'ampleur de l'incendie l'oblige à reculer. Il saute dans une chaloupe et se dépêche d'aller chercher du secours au camping.

• • •

L'incendie de forêt se propage à une vitesse terrifiante. Les éclairs foudroyants et le tonnerre assourdissant amplifient l'atmosphère infernale. Sarah et Julien errent, chassés par les flammes, étouffés par la fumée. Ils se fatiguent à gravir les pentes de la montagne Noire. Le feu gagne en puissance, le vent se déchaîne, soufflant sur eux la chaleur du brasier.

Fuyant droit devant eux, entourés d'une fumée dense, ils réussissent enfin à s'éloigner de l'incendie, dont ils ne voient plus que les rougeurs à

travers la fumée. Ils sont perdus dans
une forêt ravagée par le feu, mais tout
à coup ce danger ne leur semble plus
aussi pressant. C'est que, devant eux,
un gros ours noir se dresse au milieu
d'une clairière. Statufiés, coincés entre
le feu et la bête, Sarah et Julien voient
ensuite venir la silhouette d'un homme
doté d'une tête hors de proportion et
de grosses mains s'appuyant sur un
bâton de marche tordu. L'homme des
bois!

Avant que les jeunes réagissent, l'homme enlève ses gants et relève la moustiquaire qui, de son chapeau, tombe sur ses épaules. Dans le contre-jour, c'est ce qui lui faisait une si grosse tête. À la lueur de l'incendie, les jeunes reconnaissent un visage familier : Philippe Beauregard, le peintre animalier, qui a une mine encore plus apeurée que Sarah ou Julien.

— Monsieur Beauregard ? Faites attention ! il y a un ours à côté de vous !

— Ne vous en occupez pas. Il n'est pas dangereux. Il s'en va. Le feu se rapproche. Suivez-moi.

Devant Sarah et Julien stupéfiés, l'ours se dandine et s'éloigne comme s'il avait entendu, passant derrière Philippe Beauregard. Le peintre prend les jeunes par la main et les entraîne. La fumée épaisse les fait tousser et, derrière eux, l'ours les suit sans se presser. Tout en cherchant son chemin dans la nuit, le peintre explique le secret de sa présence dans la forêt. Parler le calme et le rassure. Il n'est pas un grand aventurier et les événements de la soirée le dépassent.

— L'ours, je l'observe seulement. On est un groupe. Secret. Qui réintègre en forêt des animaux nés en captivité.

Cet ours-là aurait passé sa vie dans un zoo si nous ne l'avions pas racheté pour le réhabituer à vivre en forêt.

—Ah oui? Il doit pas trouver ça reposant, font les jeunes, n'écoutant que d'une oreille.

—Il s'adapte bien. Je le surveille seulement pour qu'il ne revienne pas vers les humains. Il les connaît. Il n'en a pas peur. C'est très dangereux pour lui.

—Pour lui et pas pour nous?

—Pour lui. Un ours, ça ne sait pas se servir d'un fusil.

Au loin, l'orage crève, ponctué d'éclairs fulgurants. La fumée de l'incendie s'épaissit.

—Je vous ai fait peur avec mon chapeau antimoustiques? Excusez-moi. Je suis allergique aux piqûres et l'ours supporte mal l'odeur des lotions.

Philippe Beauregard perd soudain pied. Par chance, Sarah et Julien l'agrippent, sinon il tombait au fond de la gorge abrupte s'ouvrant sous eux. Un précipice au fond duquel coule un torrent. Le peintre animalier se redresse, étourdi par le vertige et enveloppé du souffle brûlant de l'incendie.

—Sacré dilemme. Vous pensez qu'on peut l'escalader par en bas, cette falaise? Ça m'a l'air glissant.

—On peut sauter. Vous savez nager, monsieur Beauregard? Nous, on a l'habitude.

Philippe Beauregard regarde en bas le torrent. Il est impressionné, mais surmonte sa peur. Après tout, entre se noyer et périr par le feu, la solution humide lui paraît moins rebutante. À condition que l'eau ne soit pas glacée. Un artiste comme lui doit se permettre des excentricités, mais mourir d'hypothermie dans un feu de forêt n'est pas de celles qu'il envisage d'habitude.

—Allons-y! dit-il, avant que, tous ensemble, ils sautent, visant une fosse où la gorge s'élargit. Six mètres plus bas, ils touchent l'eau. Sitôt remontés à la surface, Sarah, Julien et Philippe Beauregard sont emportés par le torrent, entraînés entre les berges enflammées, dans des tourbillons et des cascades. Au-dessus d'eux, la forêt en flammes affronte l'orage à son plus fort. La pluie abondante provoque une fumée intense. Une fumée qui masque tout, qui voile la bagarre du feu et de l'eau, qui fait disparaître les trois naufragés de la montagne Noire.

Chapitre 9

La fin de la guerre

Le petit matin se lève sur un paysage dévasté. L'incendie a laissé une longue cicatrice fumante sur le flanc de la montagne. Pendant la nuit, l'orage a eu raison du feu, qui s'est arrêté loin de la forteresse suspendue.

Les parents avancent dans la fumée qui plane sur la forêt saturée de pluie. Ils sont sales, couverts de suie. Ils ont les traits tirés. Des enfants les guident, dont Groleau et Suzie Lespérance, qui se sentent coupables, et Marie-Ange Toussaint, qui, très déterminée, ouvre la marche.

Sophie et Luc marchent côte à côte, suivis de Louis-Georges. Tous sont très nerveux et la détresse du père de Sarah le rend encore plus bourru que d'habitude.

—Vous pouvez être fier de votre gars. À son âge. Avec ma fille. Il est mieux d'avoir de bonnes explications à me donner.

—Toi, cherche-moi plus, sinon tu vas me trouver! réplique le père de Julien, lassé des reproches constants de Louis-Georges.

—Ça suffit, les hommes. On va commencer par s'assurer que les enfants sont sains et saufs. Vous vous engueulerez après, prévient Sophie, qui est aussi préoccupée par le malheur de Suzie Lespérance et de Groleau.

—C'est pas de notre faute. Le feu a pris tout seul, se lamente Suzie Lespérance.

—On voulait pas, pleurniche Groleau.

Les inséparables compères ressentent durement la tension qui cabre les adultes et les fait se sentir encore plus coupables.

Devant la forteresse intacte, l'espoir des parents renaît. Marie-Ange et Mario courent sous la forteresse, où ils dégagent une échelle de corde dissimulée dans le creux d'un tronc. Marc veut monter. Mario s'interpose.

—Non, pas toi. T'es pas chez toi, ici.

Marc recule, décontenancé par le regard haineux de son vis-à-vis. Marie-Ange grimpe pendant que Mario s'assure que Marc ne la suit pas.

—Sarah? Sarah! Sarah! réponds-moi! hurle Marc, en reculant vers son père.

Les cris de Marc crispent Louis-Georges, qui lui lance un regard en coin plutôt mauvais.

Quand Marie-Ange réapparaît après une brève inspection et annonce qu'il n'y a personne, un découragement définitif accable tout le monde. Encore un espoir déçu! En reste-t-il d'autres? Louis-Georges cède à sa détresse. Il accuse son fils, la voix éraillée par l'émotion :

—Qu'est-ce qui vous a pris, toi puis ta bande d'imbéciles, de courir après ta sœur? T'es nul, Marc.

Le garçon fait volte-face, tous ses muscles tendus, prêt à exploser. Le père est pris de court par le regard glacial de son fils. Marc tourne les talons et s'en va sans un mot.

—Où tu vas comme ça? Marc! Marc? C'est ça, rentre à la maison, lui lance son père pour ne pas perdre la face devant les autres.

De la forteresse suspendue, Mario Papineau guette discrètement Marc. Il n'a rien manqué de la brève confrontation. Quand Marc s'éloigne, il le suit sans se faire voir et disparaît dans la forêt à sa suite.

Pendant ce temps, aussi sec, Louis-Georges se tourne vers Luc :

—Si ma fille est morte brûlée à cause de ton gars, tu vas me le payer.

—Comment ça, mon gars? Je suis pas inquiet pour mon gars. Il a un bon modèle, lui. Je lui ai appris à vivre dans le bois. Il sait se débrouiller. J'ai confiance.

—Toi, Luc, pis ceux de ton bord, vous êtes rien que des fauteurs de troubles. On en a assez enduré.

—Qu'est-ce que t'as à nous reprocher? C'est le moment, encore!

—C'est pas vos jeunes qui sont venus voler toutes les ampoules de notre camping, hein?

Groleau et Suzie Lespérance se mordent les lèvres... surtout que Léo Laperle renchérit sur les propos de Louis-Georges :

—Oui. Et toutes ces bestioles dégueulasses, qui les a mises partout chez nous? C'est venu de votre bord, ça!

—De quoi tu parles, Léo? Nos jeunes ont jamais fait ça!

—On le savait que tu nierais tout! On te connaît, Luc. Tu t'es toujours pensé plus fin que les autres. Je te revois quand t'étais jeune...

• • •

Marc est déjà loin des parents. Il avance, cherchant sa sœur et surtout à calmer sa colère. Tout à coup, venu de nulle part, Mario Papineau lui tombe sur le dos. Les deux garçons roulent sur le sol.

—Maudit écœurant! C'est de ta faute, tout ça. C'est de ta faute, Marc Chabot. Tu respectes rien!

—Arrête, Mario. Arrête. C'est un accident. On voulait pas. C'est ma sœur.

Marc est le plus fort, il encaisse les coups sans les rendre. Luttant au corps à corps, roulant sur les mousses, les garçons se butent soudain à deux grosses pattes velues. Ils entrevoient, qui les domine, un ours dressé sur ses pattes arrière, grognant et montrant ses crocs. Les garçons lâchent prise. À quatre pattes, ils reculent, effrayés par la bête... quand une voix familière retentit, toute proche.

—Hé, les gars, la guerre est finie! Arrêtez ça, O.K.?

Ensemble, les garçons tournent un visage stupéfait vers Julien et Sarah. Souillés de suie, les vêtements déchirés, ils sont malgré tout sains et saufs. Derrière eux, se tient Philippe Beauregard. Voyant que Marc et Mario sont terrifiés par l'ours, il fait un pas en avant et chasse la bête comme au parc on chasse les pigeons ou le chien du voisin.

—Allez! Va-t'en! Va-t'en! Retourne dans le bois. Ouste!

Au grand étonnement des garçons, l'ours retombe sur ses pattes et retraite dans la forêt. Il ne se presse pas, s'arrêtant ici et là, reniflant tout ce qui attise sa curiosité. Marc et Mario sont médusés par le sang-froid du peintre animalier.

—Vous lui avez fait peur. Après le feu, il s'attendait pas à vous voir vous battre, dit Philippe Beauregard, comme s'il excusait la bête.

Marc ne l'écoute plus. Il court sauter au cou de sa sœur et l'étreint, incapable de prononcer un mot. Quant à Mario, il hésite une seconde, puis enlace Julien.

—Excuse-moi, Julien. C'est moi qui t'ai trahi.

—Sarah m'a raconté ce qu'ils t'ont fait.

—C'est pas qu'ils m'ont fait peur, mais... j'étais jaloux.

Ému, Marc retrouve un tout petit filet de voix et interroge la rescapée.

—Sarah, tu vas bien? J'ai eu peur pour toi... J'ai eu peur pour vous deux. Comment vous avez fait?

Sarah et Julien jettent un regard à Philippe Beauregard, qui est visiblement embarrassé à l'idée que son secret soit révélé. Souriant narquoisement, Sarah choisit d'inventer un pieux mensonge :

—C'est... c'est l'homme des bois qui nous a aidés. Lui, puis son ours, celui-là qui s'en va.

Bouche bée, Marc et Mario se tournent vers l'ours sur le point de disparaître dans la forêt.

—Quoi? L'homme des bois? Il existe pour de vrai?

—Oui, mais c'est un secret. Il faut dire à personne qu'il existe. Il est le protecteur des animaux sauvages.

—C'est lui qui vous a sortis du feu?

—Lui... et monsieur Beauregard. Il était là pour nous secourir, lui aussi.

C'est gros à avaler, mais Marc et Mario ont-ils d'autre choix que croire les rescapés ? Un secret fantastique est toujours plus séduisant qu'une banale vérité. Ne laissant ni à l'un ni à l'autre le temps de s'interroger plus à fond, Sarah revient à leur réalité d'enfants : il faut avertir vite leurs parents morts d'inquiétude. Les jeunes prennent le chemin de la rivière au pas de course.

Ils n'ont pas loin à faire. Quand ils aperçoivent enfin la forteresse, un étrange spectacle les attend : qui en italien, qui en créole, qui en arabe, qui en anglais, tous les adultes se lancent au visage des reproches dont certains remontent à des vexations de leur jeunesse. Plus raisonnables, la mère de Marie-Ange, le docteur Saoud et Sophie tentent de retenir les pères de Sarah et de Julien sur le point d'échanger des coups.

De leur point d'observation, les jeunes assistent à l'engueulade sans rien y comprendre.

— Tu te souviens de la guerre de boules de neige qu'on a faite dans le temps ? vocifère Louis-Georges à travers le tumulte général. Maudit que vous avez ri de moi quand j'ai pleuré parce que le chien de Pierre est mort !

— On riait pas de toi. On était tristes nous aussi, réplique Luc, aussi enragé que lui.

—Vous avez ri de moi pendant des années.

Boitillant, Phillippe Beauregard rejoint les jeunes, qui, sans être vus, observent les adultes avec des mines d'experts en sinistres se demandant si on peut encore sauver les meubles. Philippe Beauregard semble encore plus malheureux qu'eux de voir des adultes s'emporter pour des bêtises.

—Elle va être difficile à arrêter, cette guerre-là, constate Julien.

—Les adultes, ça croit savoir mieux, mais regarde-les faire, sentence Sarah. On peut pas dire qu'ils se forcent pour donner l'exemple!

—Quand on voit ça, ça donne pas envie de grandir!

Ils froncent les sourcils, alors que là-bas le ton monte encore d'un cran.

—À l'avenir, on devrait décider de jouer à faire la paix, murmure Sarah, qui a déjà fait son choix.

—Moi, ça me fait peur. La paix, c'est trop compliqué, avoue Mario.

—Quand même, un jour, il faudra bien que quelqu'un arrête la guerre pour de bon, non?

Un temps, ils restent immobiles, incertains de la marche à suivre. Étrangement, le drame de tous ces adultes en colère ne les atteint pas. Le mieux à faire, comprennent-ils instinctivement, c'est de rester calmes. Et puis d'en rire.

—Bon. Allons les rejoindre... Allons mettre de l'ordre dans les affaires des adultes! conclut Sarah, en éclatant d'un rire communicatif.

Et c'est ainsi qu'ils s'élancent vers leurs parents, criant pour attirer leur attention, riant, juste pour le plaisir d'avoir la vie devant soi.

Quand Marie-Ange Toussaint les aperçoit, à son tour elle crie de joie. Bientôt, les joyeux rescapés et les sauveteurs amers redeviennent simplement humains. L'atmosphère tendue se mue en retrouvailles chaleureuses. Enfants et parents affluent autour de

Sarah et Julien. Mario et Marc sont accueillis en héros.

Il n'y a que Luc et Louis-Georges qui restent paralysés par leurs émotions, immobiles l'un face à l'autre, incapables de faire un pas. Penauds et embarrassés, ils réalisent le ridicule de leur conduite. Sans qu'ils puissent rien y faire, des larmes coulent sur leurs joues. D'abord timidement, puis carrément, ils conviennent qu'une bonne poignée de main serait de mise pour clore un épisode dont ils ne sont pas fiers. La poignée de main est d'abord tiède, puis se raffermit.

De leur côté, Groleau et Lespérance se résignent à conclure que la guerre est finie. À vrai dire, ils n'en sont pas mécontents :

—Au fond, la guerre, moi, je suis contre ça.

—T'as raison, Groleau. C'est anti-commercial. Ça tue le client, affirme Lespérance avec l'assurance d'une femme d'affaire expérimentée.

Cette philosophie nouvelle lui semble d'ailleurs promise à un avenir fructueux. Les deux compères se fondent à la foule des campeurs réjouie que, pour une fois, la guerre se termine sans que personne n'y ait perdu.

Dans la même collection

Contes pour tous

Sélection « Club la Fête »

IMPRESSION
IMPRIMERIE GAGNÉ

IMPRIMÉ AU CANADA